詹詹集

王淮論文及其他

王　淮◎著

目錄

壹／王百谷論文七篇

王百谷論文七篇

仁·悲·愛·辨微

《師大人文學刊》第二卷第二期

一、前言

孔子釋迦耶穌同是聖人，同是人類歷史上最大的「智慧與德性」（合稱德慧），所謂「麒麟之與走獸，鳳凰之與飛鳥」，聖人之與百姓，亦猶是也。然而聖則聖矣，其所以聖，則各聖其所聖，孔子聖於「仁」，釋迦聖於「悲」，耶穌聖於「愛」，其聖一也，其所以聖則異。世人知孔子釋迦耶穌之同為聖人，遂以為「仁」與「悲」與「愛」亦彷彿而無別，實則似是而非，大相逕庭，易曰「差若毫釐，繆以千里」，故幾微彷彿之間，君子必有辨焉。

二、辨仁為第一義諦而悲愛為第二義諦

曷言乎儒者之「仁」為第一義諦，而佛氏之「悲」耶氏之「愛」為第二義諦也，夫儒者之「仁」之所以為第一義，就「人」道方面言：實因其為吾心之所固有而非由外鑠

使然，且此「心」之必致其「知」而表現為「仁」也。乃是此心內在之不得已，而必求如此發用流行，以至其極，而盡其性故。孟子書曰「仁、人心也」又曰「非由外鑠我也，吾固有之也」。蓋吾人主體之心，即是此「仁」之根據，此「仁」即根於吾人主體之心故，主體心外別無個「仁」及「能仁者」，此心即「仁」，「仁」即此心之發用流行，而此發用流行非由外鑠，乃吾主體之心之內在不得已，而必求如此表現，故見孺子將入於井，皆有怵惕惻隱之心，此心即是固有本心之「仁」，非內交於孺子父母，非要譽於鄉黨朋友，非惡其聲而然，乃至不為一切客觀方面之任何理由，吾之所以要如此表現者，乃此心必然之「知」，而盡性之本分也。是故於此可見「仁」乃是主體方面之絕對真理，而其求實現其價值於客觀方面之實踐，亦唯是道德主體之絕對自由，即客觀對於主體，了無影響作用，而吾心之「仁」（動詞）乃是主體之必然與絕對。以是義故，故曰「仁為第一義諦」。其次就「天」道方面言：「仁」即是天心，易曰「一陽覆於下，乃天地生物之心」，此心即是「仁」心，「仁」即是天地生物之心，天地之生萬物也，亦非有所為而為，乃即是天地生物之心——「仁」之不得已而必生物以實現其「仁」也。故曰「生生不已」，不已者言不得已而必生物，生物乃其「仁」心不得已也。是故於此亦可見「仁」是宇宙本體方面之絕對真理，即無條件以「生」，無條件而

「仁」是也。以是義故，故曰「仁為第一義諦」。至於佛氏之「悲」與耶氏之「愛」則不然，菩薩之悲眾生，以眾生之苦業而悲之，上帝之愛世人，以世人之原罪而愛之，此其悲愛非第一義明矣。且菩薩觀四大與五蘊俱空，而眾生與無明長伴，永墮六道輪迴之苦，不得圓覺涅槃之境，故得而悲之，此故其「悲」必相應於眾生之「苦」而發心，故「悲」在「苦」後，而為第二義諦。又上帝以世人為待罪之羔羊，與生俱來便有原始之罪惡，故得而憐之，此故其「愛」必相應於世人之「罪」而布施，故「愛」在「罪」後，而為第二義諦，總合而言之，故曰「悲愛為第二義諦」。悲與愛既為第二義諦矣，則有可得而推理者二：一曰悲愛為對待法：以其相應於罪生之「苦」與世人之「罪」而有故。即主客相對待，眾生之「苦」必求菩薩之「悲」，菩薩之「悲」必因眾生之「苦」，世人之「罪」必求上帝之「愛」，上帝之「愛」必因世人之「罪」是也。二曰悲愛非永恆法：此是純理論之推理，以其為對待法，故非永恆法，何以故，以其相應於眾生世人之苦罪而有，眾生世人苟有一日能證明無苦罪，則此為第二義諦之悲愛，理應不存故。

三、辨仁賅備體用而悲愛非本體概念

曷言乎儒者之「仁」賅備體用，而佛氏之「悲」耶氏之之「愛」非本體概念也。夫儒者之「仁」之所以賅備體用，此由前節辨「仁」為第一義諦亦可概見，方「仁」為天心而生物時是體，方「仁」為人心而接物時是用，而前者之體中復有用，後者之用中復有體，兩者又各成一體用，特前者就天道方面言為本體論宇宙論之體用，後者就人道方面言為價值論實踐論之體用耳。今即就此二義以明儒者之「仁」之必具體用而無疑：先就天道（本體論宇宙論）方面言：「仁」即是此宇宙萬物之本體，而此宇宙萬物亦便即是「仁」心之用流行。程明道曰「仁者以天地萬物為一體」此其意蓋謂宇宙萬物一體為「仁」，「仁」是天地生物之心，而宇宙萬物亦莫非「仁」體之當下呈現，人苟能體認得如此，便可「上下與天地同流」（孟子語）而無一息不「仁」。夫天道變化只是一個大體用，亦只是一個「仁」而已。次就人道（價值論實踐論）方面言：儒者之言「仁」在人生之道德實踐方面復具一體用。朱子語類卷六曰「孔子說仁多說體，孟子說仁多說用，如克己復禮惻隱之心之類」。按孔子言如「克己復禮為仁」此是仁之為「體」義者，孟子言仁如「惻隱之心仁之端也」，此是仁之為「用」義者，然此體用亦非截然為二，蓋人苟能一日克己復禮，克其人欲己私之蔽而復其天理稟命之正，則有以明其本體至善之明德，而見「仁體」之至健不息，昭靈不昧。仁體既不息不昧，則其發用接物皆自然中節，而日用之間亦無一息不仁矣！儒者之「仁」賅備體用，此義既明，以下當辨悲愛非本體概念，此可由兩點論證：一為佛氏之「悲」與耶氏之「愛」皆不能生物，故「悲」與「愛」皆非宇宙論上之本體概念。佛法既主緣起論，根本無「本體」一概念，所謂一切萬法，唯心所造，此心亦不可即認為本體，何則，蓋佛氏之心，本不生滅，「唯心所造」之意，亦只是萬法皆心之幻構與妄造，非真能生物之謂也。耶氏固有創世紀之宇宙論，然其本體概念乃是上帝，「愛」則只是一第二義諦之「用」，非本體概念也。二為佛氏之「悲」與耶氏之「愛」皆非人生修養上所證之境界，故「悲」與「愛」亦非道德實踐論上之本體概念，佛法言「悲」，只是因地之發心，所謂「發菩薩心」是也，既是因分不是果分，故是用非體。耶氏之「愛」是用非體更明顯不待言。蓋佛氏最後所證只是一個「涅槃」，耶氏最後所歸只是一個「天堂」，皆不如儒者最後所成，只是要成就一個「仁」也。

四、辨仁有親疏本末之別而悲愛則僈差等

曷言乎儒者之「仁」有親疏本末之別，而佛氏之「悲」耶氏之「愛」則僈差等也。夫儒者之「仁」固是以天地萬物為一體，然其具體之實踐則層次真切分明，而漸次絲毫不爽，論語曰「己欲立而立人，己欲達而達人」大學曰：「老吾老以及人之老，幼吾幼以及人之幼」，又曰：「君子之於物也，愛之而佛仁，於民也，仁之而弗親，親親而仁民，仁民而愛物」，大學曰「身修（格致誠正在其中）而後家齊，家齊而後國治，國治而後天下平」，尚書曰「克明俊德，以親九族，九族既睦，平章百姓，百姓昭明，協和萬邦」，凡此皆所以明儒者之道由內而外，由親而疏，由本而末（雖一以貫之而步驟嚴然），所謂修己以安人，內聖而外王，故大學曰「物有本末，事有終始，知所先後，則近道矣。」是故儒者之「仁」，語其普遍則宇宙萬物一體而為仁，語其差別則父母兄弟之情亦有所不能盡同，此所謂全體大用無不明，而表裡精粗無不到，中庸所謂「致廣大而盡精微」之道也。然而佛氏之「悲」耶氏之「愛」則不然，其在佛氏曰「同體大悲」，其在耶氏則曰「純粹之愛」，菩薩之悲，普天下之眾生無以異，上帝之愛，普天下之世人亦無以異，其精神一往追求平等普遍，則必至於齊物同化而僈差等，其結果則終成一寡頭之「悲」與寡頭之「愛」，而又必轉成其「悲」與「愛」之自我否定，此是

一大悲劇。凡天下僈差等者（只講普遍性，不講差別性），其價值理想必掛空，而引生其道德之否定，以成一非理想。此佛氏之悲「眾生」，耶氏之愛「世人」，以至於共產黨之為「人民」所以同其無聊而無意義也。何以故，以其皆是寡頭之理想，無具體真切之實踐能以真成故。故孟子曰「知者無不知也，當務為之急，仁者無不愛也，急親賢為之務，堯舜之知而不遍物，急先務也，堯舜之仁而不偏愛人，急親賢也，不能三年之喪，而緦小功之察，放飯流歠，而問無齒決，是之不知務」！且唯其僈差等，而無親疏本末之別，故其道難行，而亦終必不能行，中曰「君子居易以俟命，小人行險以徼幸」，此義雖是就個人之實踐言，而正道異端之實踐亦復如是也。

五、結論

文章寫到此處，大體觀念都已交代，雖未「理得」而「心安」矣。且夫思想衝突激蕩之既：忽覺此心澄明異常，悠悠然而止，森森然而立，於是乎戒慎恐懼之油然動乎中，繼之而起遂復引生一極度不自信之情緒，吾懷疑我之所議論，其或不免於「光景」，亦深懼吾之比論聖人，其或本身即是一「不仁」之事，然而反求諸己，復甚覺未至於此，恍恍惚惚，終不釋然，爰為誦泰山語錄以結之，其言曰：

「東海有聖人出焉，此心同，此理同，西海有聖人出焉，此心同，此理同，南海北海有聖人出焉，此心同，此理同，千百世以上有聖人出焉，此心同，此理同，千百世以下有聖人出焉，此心同，此理同。」

西方上帝一概念之省察

（香港《自由學人》二卷一期、二期）

前在杭洲，多留意西方中古哲學及聖多瑪神學。選譯資料不少。來台後，為諸生講授中國哲學。王淮君所得獨多。乃將所譯資料授之。王君潛心玩索，心領神會。乃撰為此文，於神善、神意、神智、神愛、神力，一一予以疏導補充，而以究意了義為歸。三百年來無玄思，西方入近世，亦無人能及神學之層面。是故儒道三教之勝義湮沒不彰，而西方神學關於神性之體悟，亦日趨於蓁莽否塞，而無人過問。近三十年來，中國學哲學者，直無挺拔而有光輝之形上學之靈魂。吾人有如此深厚之勝義資糧，而無智慧以受用。此中可哀。玄思不透，人類無挺拔之日。然則王君此文亦時代之重要心思。彼固初學，所知自不能備。然非有慧根妙質，亦不能及此。故綴數語，以資介紹。

牟宗三誌

民國四十五年十二月二十五日

一、前言

中國自宋明以後，三百年來，道衰文敝。民國以旋，學術為天下裂。晚近學者輒喜泛言東西文化及其哲學，惜其義理未臻精純，故其論見了無深趣。吾師棲霞牟離中先生嘗比論中西文化之體性，有謂：中國文化為「仁的文化系統」，西方文化為「智的文化系統」。西方文化之所以成其為智的文化系統，唯是其主體心靈之表現方式為「分解的盡理之精神」，故能成就其智的文化系統。仁的文化系統重「仁」，而以仁為領導（或籠罩）原則，故表現「道德主體」，智的文化系統「智」，而以「智」為領導（或籠罩）原則，故表現「思想主體」。又曰：分解的盡理之精神，其心靈活動之表現特性有二：一為運用概念方式以思考（非直覺方式），二為把握「抽象的普遍」（非「具體的普遍」）。以故西方人所表現之理性多為邏輯數學之理性，非道德實踐的理性。其所成就者，除邏輯數學純理智之知識本身外，則下之為科學民主之創造，上之為觀解的形而上學之建立。凡此皆為分解的盡理之精神之說表現。故西方文化，如實言，之為一「智的文化系統」云。

在西方人「分解的盡理之精神」下，其心靈（主體）活動之特性既長於運用概念之思考以把握抽象的普遍，故純理智的思辨力特強，而西方傳統邏輯的演繹近代科學中的歸納，即是此種純理智的思辨之具體表現。又理智的思辨必撲著外在的對象，即心智歧出而投注於外物，則外在之對象在我智光之照射下，遂明朗而可被理解。此西方文化之所以能開全幅外在之「物理世界」，而莫不窮盡其底蘊也。唯理智的運用可以之把握外在的客體（自然）而成知識，苟以之把握內在的主體（生命）則精神便不相應。蓋主體永不可推出為一外在之對象，而以理智的思辨來把握。主體之所以為主體即在於其永遠是「能」非「所」，而把握主體唯是「反求實證相應故」（熊十力先生）。苟主體推出成一對象而以理智的思辨把握，則落入「光景」，轉成「戲論」。此西方文化歷來所以於「人世」無善解，而其內在「心靈世界」亦自一片荒蕪，萬古如長夜。

何以言西方人之「心靈世界」一片荒蕪萬古如長夜？西方人原自有其嚴肅的道德意識與虔誠的宗教生活。特其道德宗教於吾人之「人性」中莫有內在而究竟的根據。西方人言道德宗教，在其文化之「分解的盡理之精神」下，亦轉成外在觀解的說法，而將道德宗教推出以理智的思辨來把握。西方人言道德從蘇格拉底的「知識即道德」到近代英國邊沁主義的「最大多數的最大幸福」，一往皆是外在的說法（彼等雖亦嘗有扣緊主體自覺之意志而言道德的「善」，然此類仍不免是觀解的思辨的態度，而不是實踐的體認的態度）。復次，西方人言宗教，從柏拉圖、亞里斯多德，經中世紀的經院派神學以至近世理性主義之笛卡爾、斯賓諾莎、萊布尼茲等，亦唯是外在的觀解的思辨的說法（耶蘇本人的精神實代表一內在的生命途徑，故曰：我就是光。我就是生命。我就是道路）。然而外在的觀解的思辨的態度與道德宗教之本性實不相應。故西方文化傳統中遂形成一深刻的缺憾，而西方人之「心靈世界」終於一片荒蕪，萬古如長夜。西方文化在其「分解的盡理之精神」下先天地注定難免此病——「有見於外，無見於內」。且此處如不能疏導暢通，則大本未立，一便如無根之木，無源之水，而文化生命亦便枯竭困頓」，無能創生。然欲解決此問題，宣先明其病理，而後投以藥石。本文旨不在討論文化。今即請就「分解的盡理之精神」下西方宗教神學中「上帝」一概念之體性（本質與內容）從而省察之如後：

二、神善之省察

在西方上帝一概念中，首先涵攝一「善」的價值概念，而以上帝為「最高善」，即「神善」是也。吾人在省察「神善」之前，應先辨明其所言「善」之本質意義。西方人言「善」，在其文化之「分解的盡理之精神」下，亦是一外在的觀解的辨思的說法。中世紀經院哲學中最大的權威學者聖．多瑪。阿奎那St. Thomas Aquinas（一二二五年至一二七四年）：

「善的本質是如此，即：它是某種可欲的東西。……現在那是清楚的，即：一個東西是可欲的，只有當它是圓滿的，因為一切東西皆意欲它們自己的圓滿性。但是每一東西是圓滿的，是當它是現實的。所以顯然一個東西是圓滿的，是當它是有，因為有就是每一物之現實。依此，善與有實是同一的。」（神學總論Summa Theologiae第五問第一款）

「每一有，作有看，皆是善的。因為一切有，作有看，有現實性，而且是某種樣子的圓滿的。因為每一活動是某種圓滿，而圓滿函可欲性及善性。依此，每一有如其為有（as such），是善的。」（同上。第五問第三款）

案：由上面兩段話可見其所言「善」之本質意義有三，即：㈠凡可欲的是善。㈡凡圓滿的是善。㈢凡現實的是善。而此三者實為一邏輯之推理過程，即：凡「善」的是某種可欲的，而可欲的是圓滿的，圓滿的是現實的，現實的是「有」因「有」為每一物之現實。反之，「有」為每一物之現實，而現實的是圓滿的，圓滿的是可欲的，可欲的是「善」的。如此，則無論順推或逆推，其所論「善」之本質意義在究竟上與「有」為同一的，此點當可無疑（聖．奧古斯丁說：「只要當我們在，我們即是善的」。聖．多瑪說：「善與有實是同一的，只在觀念上是不同的」。並見神學總論第五問第一款）。唯「善」與「有」在本質上同一，此種說法在究竟義上是否能極成善之所以為善，殊成問論。後世黑格爾哲學中之「凡存在即合理」一命題，實即此一思想之另一表現。凡此皆是一種體性學的陳述，而由之以言「善」，必不能深切著明。何則，蓋「善」為一價值觀念，而體性學的陳述，則將善平鋪而為一「存有」之概念，是即失其善之所以為善之價值意義。既明此義，則孟子所以謂告子不知性者「以其外之也」之義亦明。孟子就「仁義內在」而言性善，故曰：「人性之善也，猶水之就下也，人無有不善，水無有不下」。告子主「生之謂性」而言性無善不善，故曰：「人性之無分於善不善也，猶水之無分於東西也」。孟子之主性善，是價值論的說法。精當的確，可謂於人性得究竟了義之正解。告子主性無善不善，其根據在「生之謂性」一命題。生之謂性猶成之謂性。此與聖．奧古斯丁：「只要當我們在。我但即是善」，聖．多瑪：「每一有如其為有（as Such）是善的」，以及黑格爾：「凡存在即合理」，是同一義理層次之說法，同為一體性學的「是其所是」之普遍陳述是也。聖．奧古斯丁、聖．多瑪及黑格爾等人之體性學的陳述容或是依據一超越根據而作成，例如依上之創造，分得上帝之圓滿性而為存有，或依絕對精神之辯證發展實現而為一實現之存在，因此，彼等之體性學的陳述尚不是自然主義的，而告子之「生之謂性」或「成之謂性」卻不真能依據一超越根據而下來，因此，告子之說法當是自然主義的，此是其不同處。然而從平鋪的「存有」說善，其落在後果上俱可轉而為一無善不善之實然，則是同的。此體性學的陳述之所以不能極成善之所以為善之價值意義之故也，此處義理深遠，中古神學家蓋猶未能透徹也。蓋因彼等未能真正正視道德理性之本質之故也。復次，「善」與「有」雖在本質上為「實是同一的」，但在觀念上「善」與「有」實有先後的不同，聖．多瑪說：

「在觀念上，有先於善。因為為一物之名所指的意義就是理智所思考於事物者。依此，凡在觀念上是先在的，就是首先被理智所思考的。現在為理智所首先思考的是有。因為每一東西是可知的，只有當它是現實的存在。所以，有是理智之專當對象（Proper object），因而是首先可理解的猶如聲音之首先為可聽的。所以在觀念上有先於善。」（同上。第五問第二款）

案：所謂「在觀念上，有先於善」，此正好是一大顛倒。以有（或存有）為首出，以理智思考為首出。理智思考撲著一存有。存有即是一現實的存在。存有之為圓滿單因其為一現實的存在。並非由於德性之「聖神功化之極」而為圓滿。是則此圓滿亦落在平鋪之現實存在上說，而不是透上去從德性之功化上說。依此，善，在觀念上，自然落後著：有先於善。善落後著，善不成其為善，被吞服於「智及」之存在而失其價值意義與創造意義。此誠是一大顛倒。圓滿若透上去而從性之功化上說（不能落在所功化之事上，存在上，說），則善亦翻上來而從德性之功化上說（亦不落在所功化之事上，存在上，說）。是則善為動源不失其價值意義與創造意義，而善反先於存有矣。善，圓滿，不落在所功化之事上存在上說則善（圓滿）不但與存有不同一，而且在實際上（不但觀念上）必先於存有。善自必從「德性之功化」之動源上說，一落在事上，則無所謂善不善矣。即可說善，亦是落在第二義，因其為德性功化之大用而攜帶以為善，非推出去以存有為首出，直就外在的平鋪之存有，脫離其動源，而說其為善也。此義唯宋明儒者真能知之。故程明道云：雖堯舜事業，亦如太空中一點浮雲過目。」此正是將善從德性功化之動源上說。善先於有，正是內外透徹，絕高之智慧。西方神學家猶在夢昧中也。

善先於有，由善之創造而成有。成有即平鋪而為智及之所對。攝智歸仁，仁以養智，仁先於智；慧因悲起，悲以潤慧。千聖同證，何可顛倒？

西方宗教哲學中所論「善」之本質意義既明，以下吾人當省察西方宗教中「神善」之問題，西方宗教以上帝為「最高善」，上帝之所以為最高善（依聖・多瑪的神學），因為祂不缺見於任何類中的任何優越性（凡存在於結果中的圓滿皆必見之於產生之原因中），上帝是萬物底第一產生因，所以一切東西的圓滿性皆必須在一較卓越的路數中預存於上帝，依此，凡成為善的皆屬於上帝，而每一東西之說為善是從神善而為善，一如從第一範型而為善，從一切善之有效的及最後的原理而為善，但縱然如此，每一東西之說為善，是因相似於神善之故而為善，故上帝為最高善。聖・多瑪說：

「上帝絕對是最高善，不只是在任何屬類Genus或事物之秩序中為最高善，乃絕對的是。因為善是歸給上帝，當我們說一切可欲的圓滿從祂流出，一如從第一因而流出時。但是它們之從祂而出，並不是如從同質義的動力而出，而是從那種與它的結果（或在目中或在網中的結果）俱不契合的動力而出。現在，一結果之相似性若在同質義的原因中相似，則可以見出是一致的相似（淮案：此如人產生人），但是在異質義的原因中則見出較為優越，此如熱久在太陽中較其在火中更為優越。所以善之在上帝中一如其在萬物底第一因中（此第一因不是同質義的因），所以善之在上帝中必須是在一最優越的路數中，依此，祂是

最高善。」」（同上。第六問第二款）

案：上帝為最高善，此在義理上為絕對當然。西方宗教神學以上帝為萬物之因致因，同時亦為萬物之目的因，萬物由上帝流出，亦向上帝歸入。神善為絕對普遍之圓滿性，而萬則各分得其相似性以趨向於神善之絕對圓滿性。上帝的善性對萬物之活動言既是第一因，亦是最後因。儒經中庸曰：「天命之謂性」，此言物之性其根據莫不在天。天理無不正，故人（物）性無不善。此猶謂：「每一東西之說為善是從神善而為善」，大戴記曰：「分於道謂之命，定於一謂之性」，分於道謂之命，此猶謂：萬物為因致因推動而由上帝流出；定於一謂之性，此猶謂：萬物各分得神善之相似性。若夫「盡性」而「止於至善」，則猶趨於目的因，而歸於上帝。儒者以「天」為最高之價值標準，故曰：「天理」。儒者之天猶西方之上帝。天理既無不正，而為最高之價值標準，故上帝亦為絕對圓滿之最高善。唯天理必於天心處見之。天心無不仁，故天理無不善。舍天心之仁，則無從見天理之善。此孟子所以必「即心見性」。然西方之言「神善」（上帝的善性）唯是就普遍的圓滿性而言，故為外在的宇宙論的說法，而為體性學之普遍陳述（如前所引）。其未能扣緊「神心」之發用處而言「神之性」善，則是其不足處。須知「神善」苟不於「神心」之發用處而言之，則終是外在的說法，亦只是形式的，而非具體的，故一往為智與存有所吞沒，而成為一往之「有先於善」（心統性情。性體不可見，故必即心而見性）。此其所以不諦而見道不徹也。是故神善不可只由普遍的「圓滿性」一觀念而言。上帝的善性，宜直下由神的「愛」而見證。神心無不愛，故神性無不善。中國儒者因天心之無不仁，言天理之無不善，而由之以言「生化」；西方宗教亦當因神心之無不愛，言神性之無不善，而由之以言「創造」。此實義理上之必然而當然者。非然者，則神善之說不能極成，而上帝的創造難為言矣。

就神心之發用處言神之善，西方宗教神學中亦嘗有之。聖．奧古斯丁St. Augustine（三五四年至四三〇年）即其例。奧氏的神學認為人類既然都承襲了亞當夏娃偷吃蘋果的罪，則自應受永恆的譴罰。但因為上帝自由的恩惠故，在受過洗禮的人們中，有若干乃被選出，准其早登天堂。唯上帝的恩惠是只施給特選人士的。何以有些人得蒙拯救，其餘則受譴罰，此殊無理由之可言。這是出於上帝不動的選擇Unmotived Choice。蓋「譴罰正所以證明上帝的公道，而拯救則證明上帝的慈悲，兩者一樣表示上帝的善。」（見羅素著：西方哲學史。卷二第四）。上帝的善性本為絕對之真理。唯「性體」不可見，必於「心體」見之（即心見性）。而上帝的「譴罰」與上帝的「拯救」即是「神心」之發用流行。「拯救」是「好善」，「譴罰」是「惡惡」。在中國儒家以好善惡惡兩者同是良知之心之發用流行。明儒劉蕺山有言：「好善惡惡之意，即是無善無惡（案：絕對的純粹至善）之體」（劉蕺山語錄）。蓋「好善」與「惡惡」同是天心仁體絕對「善」的發用，所謂：「一機而互見」（劉蕺山語錄）。好善是良知與天心之仁，惡惡亦是良知與天心之仁。故「拯救」表示上帝之善性，「譴罰」亦表示上帝之善性。拯救與譴罰是神心發用的「一機而互見」。由此處神心之發用（拯救與譴罰）以見證神之「善性」，原為一精當的確，深切著明之路數。惜乎西方宗教神學中，於此處之義理脈絡，亦未能善有體會而真切把握之。聖．奧古斯丁雖認為拯救與譴罰兩者同表示上帝的善性，唯此上帝之拯救與譴罰（何以有些人得蒙拯救，其餘則受譴罰）並無理由可言，而只是出於上帝自由恩惠的選擇與任意。由此可見其所藉以言上帝善性之拯救與譴罰，竟是一非理性的無理由可言之任意說。此實為一極大缺憾，而必須把握予以省察。蓋此種說法，輕鬆一點言之，未免太嚴肅，而嚴肅一點言之：則由此說法即足以引生其「神善」之自我否定。此中義理牽連，是非影響，其關繫至深且大。故不可不察（可詳參本文第三節及第五節）。

三、神意之省察

在西方上帝一概念中，「神意」為一極重要之成分。關於神意的討論，此問題源遠流長，西方宗教神學中之主要論者，主：上帝有絕對的意志自由。所謂絕對的意志自由，就未發處言，即謂神意有絕對的主體自由的決斷，就已發處言，即謂神意之活動不受任何外在條件的限制，而可以一往行之，且永遠是滿足的，關於上帝有絕對的意志自由，此點本無疑義，特西方宗教神學中主意論者之思想與說法有未盡是，亦即其論不足以極成「上帝有絕對的意志自由」一義，此實為一缺憾，以下吾人將採取「史」的觀點對此一問題作深度的省察與究竟之處理。

西方宗教神學中主意論者之思想實淵源於舊約中之創世紀，而柏拉圖哲學中之神學足為其奧援與支持，然後經中世紀聖．奧古斯丁、頓．司考塔斯Dans Scotus及奧坎威廉William of Occam等之發揮，至近世理性主義者萊布尼茲Leibniz而將其說充分發揮，萊氏承襲主意論之思想，既將神意充分發揮，而主意論者之思想與說法之病亦隨之而見。此其弊在於過分強調神意，過猶不及，其失也偏，吾人現今對此一問題之處理，唯在於追本探源，以返本復始，主意論吾人既以為淵源於舊約之創世紀，則可即由之以從事於神意之省察：

上帝創造宇宙萬物此為一「不可思議」之勝義諦。而舊約中「上帝的創造」一觀念在本質上有二特性：㈠上帝是由「無」中創造一切：即上帝的創造不假借不憑藉任何東西直接由「無」中創造一切，時間的悠久，空間的廣大，萬物的繁富，乃至一切的一切，皆是上帝由「無」中創造的。㈡上帝是由「意志」創造萬物：即萬物皆為神意所創造，上帝意欲萬物，便實現（創造）了萬物，而上帝的意欲萬物是必然的，且是必然滿足的。舊約創世紀第一章（大意）謂：

起初神創天地，地是空虛混沌，淵面黑暗，神的靈運行在水面上（案：此即暗示神由虛無混沌中創造天地萬物）。然後神說要有光，就有了光（案：「要」字吃緊，下倣此），神看光是好的。神說諸水之間要有空氣，神就造出空氣。神說天下的水要聚在一處，使旱地露出來，事就這樣成了，神看著是好的。神說地上要發生青草和結種子的蔬菜，並結果子的樹，各從其類，果子都包著核，事就這樣成了，神看著是好的。神說天上要有光體可以分晝夜，作記號，定節令日子年歲，並要發光在天空，普照在地上，事就這樣成了，神看著是好的。神說水要多滋生有生命的物，要有雀鳥飛在地面以上，天空之中，神就造出大魚，和水中所滋生各種有生命的動物，各從其類，又造出各種飛鳥各從其類，神看著是好的。神說地要生出活物，各從其類，牲畜、昆蟲、野獸各從其類，事就這樣成了，神看著是好的。神說我們要照著我們的形象，按著我們的樣式造人，使他們管理海裡空中地上的一切生物，神就照著自己的形像造人，事就這樣成了，神看著一切所造的都甚好。六天的工作完成了偉大的「創造」，第七日上帝便休息了。

案：上帝由「意志」從「無」中創造萬物，此義即涵上帝之「創造」不憑藉不假借，而「神意」即是萬物之充足理由與實現原理，亦即謂萬物之實現唯「神意」是憑，上帝意欲一物，即實現一物；意欲萬物，即實現萬物。而舊約創世紀首章所表示的即是一種唯意的創造論，上帝說要有什麼便有什麼（「要」字即表示上帝創造之唯意性），即：凡上帝意欲什麼便實現什麼，而凡為上帝所意欲而實現的，上帝看著都是好的（創世紀：「神看一切所造的都甚好」），此即表示不但凡上帝所意欲的皆實現，而且凡上帝所意欲的皆為善的，由此，吾人發現上帝的「意志」有二特性：㈠凡上帝所意欲的皆實現，此表示神意必然是滿足的，由之吾人發現神意之圓滿性（神意中永無缺憾，天下必無外神意而存在之物，亦即天下必無既為上帝所意欲而又不存在之物）。㈡凡上帝所意欲的皆是善的，此表示神意必然一善的目的因成分，由之發現神意之善性（神意中永無矛盾與罪惡，天下必無既為上帝所意欲而又是矛盾或罪惡之物，因矛盾是不可能，而罪惡是善的缺無，兩者皆不為上帝所意欲，亦即不存在神意中，不存在於神意中即是非存在）。

以上是舊約中之唯意論，吾人由之頗足以見神意之真實作用。唯此只是舊約中唯意論之一面，亦即只是正面的積極一面，舊約中神意的另一面說法，吾人認為幾乎是矛盾的也是罪惡的，以下將予以客觀而審慎的省察與處理，舊約創世紀第六章曰：

「耶和華見人在地上罪惡很大，終日所思想的盡都是惡，耶和華就後悔造人在地上，心中憂傷。耶和華說我要（案：我要表意志）將所造的人和走獸並昆蟲以及空中的飛鳥都從地上除滅，因為我造他們後悔了。唯有挪亞在耶和華眼前蒙恩。」

「世界在神面前敗壞，地上滿了強暴，神觀看世界見是敗壞了，凡有血氣的人在地上都敗壞了行為。神就對挪亞說，凡有血氣的人，他的盡頭已經來到我面前，因為地上滿了他們的強暴，我要把他們和地一併毀。你要用歌斐木造一隻方舟，……看哪，我要使洪水氾濫在地上，毀天下，凡地上有血有肉有氣息的活物，無一不死。我卻要與你立約……」

案：神意的作用有兩面，即正面的創造與負面的毀。此猶神的善性之表現有兩面，即正面的拯救與負面的譴罰。吾人在前節省察上帝的善性時曾指出由其拯救與譴罰之無理的任意說實足以引生其神善之自我否定。蓋上帝唯意的創造既是絕對圓滿的，且是善的，則理應一切「和合而善」，何以在上帝絕對圓滿而善的意志創造中（神著一切所造的都甚好）世界會在上帝面前敗壞，而地上充滿強暴與罪惡？此似為一矛盾（不可理解）。且即使萬物將世界敗壞，地上充滿了強暴與罪惡，亦何必「一並毀滅」，令「無一不死」（見上所引）？此則未免罪過（有「不教而誅」，「惡惡喪德」之嫌）雖然，上帝毀世界事實上並未如祂自己所說的要「將所造的人和走獸並昆蟲以及空中的飛鳥都從地上除滅」（挪亞及部分生物在神前獲免），唯方舟再生一事，實啟拯救特選思想之端緒，而其拯救特選又只是神意無理由的任意，凡此皆足以引生其「神意」與「神善」之雙重否定，其在義理上之是非影響，至深且巨，真不可不察。且吾人固知意志之「貫徹性」必涵意志之「無悔性」，在神意絕對地圓滿性與善性的創造中，吾人亦實難理解上帝對其自身之創造行為何以能有「後悔」一主體意識（神說：「因為我造他們後悔了」，見上所引），此非一缺憾乎？復次，由「悔」一觀念，吾人可得二反省之判斷：㈠悔將是上帝全知的否定：苟上帝全知，則無所用其悔（全知，則可防患於未然）。㈡悔將是上帝全能的否定：苟上帝全能，亦無所用其悔（全能，則可消罪於無形）。總之，神意是絕對圓滿的，且是善的，苟吾人肯定此義，則「悔」一觀念必當從「神意」中被排出，「悔」一觀念吾人既肯定當從「神意」中被排出，則進一步吾人將主張「毀」一觀念亦當從「神意」中被排出，如是，則凡新舊約中表現上帝此一類思想者吾人亦極主張應予取消（此與醫學上之毒瘤開刀意義正同，基督徒倘因信愛新舊約而不忍出此，則不免「雖曰愛之，其實害之」，否則亦只是一護短而已）。

西方宗教神學中之唯意論在舊約創世紀以後有聖．奧古斯丁之神學，奧氏神學中拯救之說即表示一種唯意論的思想（拯救前是與人由特選的主張是聖保羅的，奧氏曾為之作遠為詳盡及更合邏輯之發展），羅素著西方哲學史二卷四章：「奧古斯丁以為上帝將人類分為兩種，一為特選的the elect（案：即被拯救的），一無可救藥的the reprobate（案：即被譴罰的），其區分並不是各人之長短而定，乃是出於任意。所有人類本來都應受譴罰，故不可救藥的人殊無理由來申訴」，又曰：「上帝之恩惠則是只施給特選人氏的。何以有些人得蒙拯救，其餘則受譴罰，此無理由之可言」。此種無理由的人類二分法，以及拯救與譴罰之非理性的任意說，其本身並無任何積極的意義，原其目的唯在強調上帝的自由意志，亦即強調神意之本身有絕對的主斷，而其活動可以一往任意自由。殊不知成見在心，率言如此，匪特不足以極成神意之絕對自由，抑且實足以引生神意之自我否定，此其關鍵唯在於對上帝一概念之體悟不透，因而對上帝一概念之體性遂不免有所偏執。蓋神意與神智必不可對立，亦即強調意志的絕對自由必不可完全抹殺理智的活動，否則，非理性的意志自由非真正的意志自由。雖然神意與神智方便言之，則「對立而不排斥」（外在的說）。但究竟言之，則「法爾合一」（內在的說）。夫神意與神智兩不相礙，即意之對智在意，即智之對意在智，作如是解，是謂了義。

聖．奧古斯丁以後，聖．多瑪為中世紀基督教之最偉大神學家，奧氏在中古初期，多瑪則在中古末期，一個如旭日東升，一個如落日還照，前後爭輝，遙遙相對。奧氏之神學為主意論已如上述，聖多瑪神學則為主智論，唯多瑪之神學雖為主智論，在其偉大深廣的神學總論Summa Theologiae第十九問「上帝的意志」中，關於神意的討論亦實極解盡，吾人為求對「神意」一概念作充分之省察，以下將再就多瑪之神學從事檢討：

「上帝有意，恰如其有智，因為意隨於智。因為自然物因其形式而有現實的有，所以智亦因其可理解的形式而現實的知。現在每一東西有向著它的自然形式之傾向，即當它沒有此形式時，它傾向於形式，當它有之時，它止於形式。此在每一『是一自然善』的自然的圓滿亦然。在事物中，此種傾向於善，若無知識便請自然的意欲。依此，理智的自然亦同樣有傾向於善，當有之時，即止於此，當無之時，即求而有之。無論止於此或求而有之，皆歸於意。依此，在一理智的有中皆有意，恰如在每一感覺物中皆有動物的欲。依此，在上帝亦必有意，因為祂有智。且因祂的智即是其自己之有，所以祂的意亦即其自己之有。」（神學總論第十九問第一款）

案：此一款的題目是「在上帝中是否有意志」，多瑪主張「上帝有意恰如其有智，因為意隨於智」，智是其自己之有，意亦是其自己之有，智與意二者皆上帝的屬性，一如「善」之為上帝的屬性。唯「意隨於智」則智是主，意是從，亦即智主動於意，意被動於智，如是則意志之主動性全無，意志之主動性全無，則意志之體性失，意志之體性失，則不成其意志。須知智與意既必不可對立，亦無分於主從，奧氏為強調拯救特選之主意論固非，多瑪「意隨於智」之說恐於義亦未能安（過分強調神意與過分彰著神智俱非），夫智與意究竟言之，二而一，一而二，所謂「即意之時智在意，即智之時意在智」，而智之所及即是意之所向，意之所向即是智之所及，斯已矣，舍此而外，即非了義。其次，關於「凡上帝所意的是否祂必然的意之」之問題，聖多瑪說：

「一東西之說為必然的有二義：即絕對地必然的及因假設而為必然的……關於為上帝所意的東西，我們必須知祂意某些東西是絕對必然的，但對一切祂所意的此並不真。因為神意對於神善有一必然的關係，因為神善就是祂的專當對象。依此，上帝意祂自己的善之有是必然地意之。……因為上帝底善是圓滿的，且能無其他東西而存在，是以在祂，意祂自己以外的東西不是絕對必然的。但是它可以因假設而為必然，因為假設祂意一物，祂即不能不去意它，因為祂的意志不能變更。」（同上。第十九問第三款）

案：凡上帝所意的皆必然地意之，因為神意中皆必然。今萬物皆在神意中（神意為萬物之因——實現原理），故上帝不單意祂自己的善之有是必然地意之，祂意祂自己以外的東西亦是必然地意之，只要這東西是現實的有（矛盾與罪惡是非有），它即在神意中而必然地被意之。上帝意欲萬物，自必意欲一物，不必假設一物為祂所意，然後祂意祂自己以外的此一物始因假設而為祂必然地意之。萬物既皆在神意中，而神意中皆為必然，故凡上帝所意欲的皆必然地意之。其次，關於「上帝的意志是否在所意的東西上安置必然性」之問題，聖．多瑪說：

「神意在某些所欲的東西上安置必然性，但不是在一切東西上。關此之理由或曰是歸於居間的原因，因而主張說：凡是上帝因必然原因而造的為必然的，因偶然原因而造的則是偶然的。又曰：上帝意欲某些東西之被造是必然地意之，某些是偶然的。……所以對某些結果，上帝以不失敗之必然原因接觸之，從此種原因，結果即必然地隨之。但是對於另一些結果，則以可有缺陷的及偶然的原因接觸之，因而結果即偶然的發生。依此而言，為上帝所意的結果之偶然的發生，並不是因為它的近因是偶然的，而是因為上帝已為它預備好了偶然的原因，因為上帝意欲它們必須偶然地發生。」（同上。第十九問第八款）

案：神意中皆必然，凡上帝所意的皆必然地意之。神意中既無因假設之必然，亦無任何偶然。抑神意既為必然，故凡神意之結果其發生亦皆必然。上帝為萬物之實現原理與充足理由，萬物皆在神意中被實現，上帝為萬物預備的皆是充足理由。只要是一個有，它即是一個善，只要是一個善，上帝即賦予充足理由以實現之。如果不是一個有，它必不是一個善，如果它不是一個善（如矛盾與罪惡），則它即不在神意中，不在神意中，即不可能，亦無理由實現。所謂「道二，仁與不仁」。凡是一善，則它即有充足理由可以必然地發生。凡是一非善，則它即永無可能的理由而必不然發生。此必然與必不然即窮盡神意之活動結果，而神意之活動結果之永無偶然，於焉亦顯然可見。其次，關於「上帝是否有自由選擇」之問題，聖・多瑪說：「我們關於不是必然地意之的東西，或不是因自然的本能而意之的東西，即有自由選擇。我們意欲幸福，這不是屬於自由選擇事，乃屬於自然本能事。依此，其他動物，它是因自然本能而被推動去活動，即不能說為因自由選擇動而去。依是，因為上帝意祂自己的善是必然地意之，但是對於其他東西則不是必然地意之，此如上述。所以祂關於祂不必然地意之的東西有自由選擇。」（同上。第十九問第十款）

案：多瑪以為凡為神意必然意之之物，上帝無自由選擇，而關於祂不必然意之之物則有自由選擇。此種「分別智」的說法，未免穿鑿。今吾人既主張凡神意皆必然，然則上帝無自由選擇乎？關於此問題可分兩層討論：㈠首先吾人將區別自由選擇非即意志自由：前者以自由為主而自由選擇即含一種「可變性」（去彼取此或去此取彼），後者以意志為主，而意志則必含「貫徹性」，前是廣度的，後者是深度的。討論神意的問題以上帝是否有意志自由為正題，而是否有自由選擇的問題殊無甚意義。抑更進而言之，上帝無自由選擇。夫何故？蓋上帝所表現的唯是「整全」Whole，而不表現「分別」或「部分」（Partition or Part）。以言其智，則一念萬年；以言其德，則一攝一切。一攝一切則無部分，一念萬年則無分別，奧古斯丁曾說：「上帝並不是在它們的特殊性中，或分別地看一切東西，好像？先看看這個，然後再看看那個那樣。祂是即時一起看一切東西」（見De Trinrtete, XV, 14。神學總第十四問第七款引）。聖．多瑪自己也說：「在神知中沒有辨解性」（神學總論第十四問第七款）。神智既無分別，同樣，神意亦無選擇（不是「因為」神智無分別，「所以」神意無選擇。此義吃緊，宜善會）。意之「選擇」猶智之「分別」，多瑪既知神智無辨解性與非分別智，而不知神意之無選擇及必然貫徹性，此是一蔽。而其蔽唯在於對神意之必然性無善體悟（神意中無偶然，亦無因假設之必然，亦即神意中無「不必然」之理與「不必然」之事）。㈡其次，吾人將討論：凡神意皆必然，則上帝是否有意志自由，關於此問題將引導吾人重新回歸於神意與神智之討論。在西方宗教神學中對上帝之體性原來既無善會，而主意論與主智論之對立，由之遂成。夫神意之必然與神意之自由是否畢竟不兩立？奧古斯丁主意之說法幾導神意於非理性之境，聖．多瑪以神意必然則無自由選擇，此皆非了義。夫「意志自由」與「理性必然」原不衝突，神意之殊勝義即在：意志內在於性，理性內在於意志，因而尅就上帝（神意）言，「意志自由」與「理性必然」法爾合一。此義既明，則雖凡神意皆必然，而上帝亦必有意志自由！

聖．多瑪神學之豐富性及深廣性是學者所悉知的，除有某些義理未臻精純已如上述外，其他如關於「上帝是否意祂自己以外的東西」之問題，多瑪主張「上帝不只意祂自己，且亦意祂自己以外的東西。……把自己所已有的善盡可能的傳達給別的，乃是意志之本性。而此又特別地屬於神意」（案：此與孟子「擴而充之」及中庸「唯天下至誠為能盡其性，能盡其性，則能盡人之性，能盡人之性，則能盡物之性，能盡物之性，則可以參天地之化育，可以參天地之化育，則可以與天地參矣」之義同，蓋「善」的擴充即是道德自我與意志自由之本性，而盡性之實，即合天德之全）。復次，關於「上帝的意志是否是萬物之因」的問題，多瑪主張「我們必須主神意即是萬物之因，且須主祂因意志而活動，而不是如某些人所設想的因祂的本性Natnre之必然性而活動」（案：神意即萬物之因，此是一勝義諦。唯上帝之意志活動即是其本性（Nature）之必然性之活動，二者原無分別，若於此強將分別便是穿鑿智，專為了義矣）。復次，關於「上帝底意志是否是可變的」之問題，多瑪主張「上帝的意志完全是不變的。……現在，早已指示上帝之本體及其知識是完全不變的，所以祂的意志亦必完全是不變的。」（案：神意是必然貫徹且滿足的，故神意必完全是不變的。吾人殊不願說：上帝之本體及其知識是完全不變的，所以祂的意志亦必完全是不變的。吾人唯願說：上帝的意志必完全是不變的，猶如祂的本體及其知識是完全不變的。蓋神意與神智皆為上帝本體之屬性，二者之間並無因果主從之關係，此義既為多瑪所最無善會，而為吾人所極願強調）

與聖．多瑪同時而稍後者，有頓．司考塔斯Duns Scotus（一二七四年或一二六六年至一三〇年），渠為一主意論者，但同時具有極端理智主義之傾向，終其身未獲封聖。

吳爾夫（Wolfe）著：中世紀哲學謂（大意）

(一)司考塔斯為擴大智之範圍，主張每一具有「有」之東西皆能進入人類理智之範圍內，超感覺的一如感覺的。並將「有」之觀念普遍地適用於一切東西。上帝亦在內。又，彼以為神聖生命（Divinelife）之基礎即是智之活動，它支配意志及自由命令之全部秩序（案：凡此皆是其主智之思想）。唯在精神本體之活動之通論上則很重意志，所以在上帝方面重視「意」而甚於「智」，且使自由為每一神意之基本屬性。關於自由為意志活動之本質義，司考塔斯與多瑪同。唯在多瑪，意志活動是為完全善的理智呈現所決定，而依司考塔斯，每一意志活動在本質上是自由的，意志是單純的自動（Simplicter active）。此即意謂沒有善在意志上表現一種必然的影響，因為它總保持其絕對的自我決定，縱使在完全善即上帝之呈現中，這種自決之力量，亦在消極與積極兩方面保持。在消極方面，因為意志能因轉移心之注意而中止它的活動，它能活動或不活動。在積極方面，因為在意志中它自己就是它的活動之整個的有效因。此義即函：理智之呈現並不是有效因（至多是目的因），而內在的運動單純地由於意志自己。

案：司考塔斯以意志能因轉移心之注意而中止其活動，即它能活動或不活動，此義恐只為一方便之說法，在究竟義上神意之活動必永恆貫徹，而至建不息，亦即神意永不能中止其活動（或能活動而不活動）。儒經中庸時謂「至誠不息」者是也。或曰：西方人「自由」之意識特強，故每喜就「自由」處討論意志，而言「意志自由」，又因其所言「自由」唯是執著於兩可之間之任意選擇與決斷（即：可以這樣或不這樣，可以那樣或不那樣），故全為第二義。至於中國人對於「自由」一觀念之意識並非不強，特不如西方人對「自由」之意識唯是執著於兩可之間之任意選與決斷耳。中國人言「自由」，唯是就意志活動及道德踐履之合一而為言。是故與其說中國人亦強調「意志自由」，毋寧說中國人特重意志之不容已性（就未發處言，意志活動之根源為「仁心」之不容已）及意志之必然貫徹性（就已發處言，意志活動必然貫徹而止於一「善」的目的因），而「自由」即內在於其中，與此「意志活動」之過程完全合一。

㈡多瑪在完全善之呈現中著重意志之被動性，司考塔斯則著重每一意志之主動性。

案：多瑪在完全善之呈現中著重意志之被動性，故主「意隨於智」，司考塔斯著重每一意志之主動性，故主意志「絕對的自我決定」。「意隨於智」之說之未為了義，已如前述，則司考塔斯強調意志的絕對自我決定便是有進於道。抑司考塔斯強調神意未嘗違背理性，所謂「神意必然是理性的有秩序的」及「意志命令智，但不能反之」，則較之聖．奧古斯丁之唯意論又有進矣。唯司考塔斯意智雙修，理路雖然不差，惜其義理未精，而造詣略粗，是為不足耳。

在司塔斯之後有奧坎威廉William of Occam（約生於一三〇〇年，死在一三四八或稍後）亦為一傑出之經院哲學家，且自奧坎以後即不復有偉大的經院派人。奧氏在巴黎大學時曾為司考塔斯之學生，以後則成為勁敵。在哲學或邏輯上，奧坎為一唯名論者，而在神學上則為一主意論。蓋特重個體也。司考塔斯主張意志是獨立不依於善之理智的呈現，意志具有絕對的自我決定的力量，決定是獨立於理性的動機，神性生活之最好的被建立之姿勢就是神意之自動性，而自動的活動混於自由的活動。復次，奧坎主張：

「道德基於一絕對的唯意論，任何東西其自身所謂善或惡，它們間的差別依於神的命令，而神的命令可以變換為不如此。依此，不能因考察我們的本性而知道德，而理智亦無力告訴吾人神律之前定。」（見吳爾夫中世紀哲學論奧坎之「道德哲學及邏輯」章）

案：奧坎的絕對對唯意論主張：一、意志是獨立不依於善之理智的呈現，不依於理性的動機；二、任何東西自身無所謂善或惡，全靠神的命令來決定；三、理智無力告訴吾人神律之前定，道德基於意之絕對自動性，不能因考察吾人之本性而知道德。就此籠統之三端，亦可見其思想之線索與夫其所見之層面。依其極端唯名論之主張，彼特重特殊之個體，自非理性主義者。客觀方面，彼不能肯定「普遍者」之實有，主觀方面，吾人之理智只有思考比較之外在使用，即理智或理性落於經驗面，而且只有認知之意義。此層唯名論之道理，若用於吾人之生活，彼亦不能於吾人之生命中肯定一德性之理性為一普遍之底子，此方面之理性理智亦只有外在之使用，而落於第二義，落於經驗層面。然依其唯名論之主張，特重個體故，不能不重視意之自動性。意之絕對自動而不受任何拘束，遂成為道德生活之唯一基礎。理智理性落於經驗面，則善之理智呈現自無定準，理性的動機也無定準。意之自動自不能服從此無定準之決定以為道德。但吾人試設想知若德性的理性能提升至超越面，而能使「善之理智呈現」轉為「善之良知的呈現」，而善亦不從外在的事物上說，而從超越的「德性之理性」上說，則意之自動與「理性的動機」以及「善之智的呈現」（良知之智）便相融而為一，亦可以不互相獨立而不依。如此道德方有真實的根據，而亦有真實的可能。今將理智理性貶抑至經驗層面上，而意之自動成為寡頭之突出，善之呈現與決定自不能不歸於上帝之命令，神律之前定。如是，首出庶物之意遂只成一寡頭之自動，此則不得不歸於盲與茫也。凡經驗論唯名論而又重視自由與創造者，皆不得不歸於盲與茫。盲茫之歸，終不能不落於經驗面上外在使用之理智之桎梏。如是適成為自由與創造之否定：不能成就意志之自動，而道德亦無真實可能也。同時，將善源歸於神的自由命令，歸於神律前定，而若於神性方面，不能彰顯理性與理智（與神意不對立之理性與理智），則神之自由命令適成為隨意揮灑之自由，而亦不成為神意。是則徹上徹下皆盲茫之歸也。神固若是之茫乎？人固若是之茫乎？宇宙固若是之茫乎？必不然矣。于以知凡言意志自由與道德者，必不能不正視德性之理性與理智。德性之理性與理智提升而恢復其超越義，融於意志自動中而為一，則吾人之本性可得而言，神律亦可得而得通矣。而考察此本性即可知道德亦可知神明。此儒者性天之旨（性與天道之旨）之極致，彼奧坎者何足以知之？天人之際微矣。徒言一寡頭之自動者，猶在草昧中也。最後，在神意之省察中吾人敘述主意論思想之殿軍萊布尼茲Leibniz（一六四六年至一七一六年）的神學。如我們所悉知的萊布尼茲的哲學是樹立在兩個邏輯前提上，即：矛盾律與充足理由律，而充足理由原則尤為其哲學之精義。萊氏根據其充足理由原則以建立其哲學中之知識論，形上學及神學。依照這個原則一切發生的事，無論其為必然的或偶然的，皆無不有其理由。牟離中先生曰：

「充足理由原則在於衡量決定一可能的及現實的宇宙事物。從根源說，充足理由即是實現原理，它說明宇宙事物之發生，以及事物之『何以單單如此出現而不如彼出現』，萊氏以此一切皈之於上帝的意願，而充足理由復有廣狹二義：㈠凡不矛盾的旨意是可能的，而凡可能的上帝皆意欲之。是為廣義的充足理由原則。㈡凡可能的既皆為上帝所意欲，則何以單單實現此一世界而不實現彼一世界給吾人？此則為上帝的『善意』Good Will。是為狹義的充足理由原則。抑萊氏以上帝的善意而言創造（此猶何者之以「仁」為生化原理），主張上帝有

『無窮的可能世界』，但上帝的『善意』只將其中最好的一個賜給吾人，其他的則未實現，故萊氏亦為一主意論。」（節自拙編牟宗三先生所講哲學概論筆記。先生另有「羅素著萊布尼茲哲學疏導」一書，未刊行）

案：「充足理由原則」為萊氏之學之精義，而「上帝有無窮可能世界」之主張則為其神學之特色。所謂「無窮可能的世界」即凡不矛盾皆可能，上帝具有無窮可能的世界，但未必能實現，此因為上帝是善的，祂總是向較好或更好的方面去做，所以祂乃決定創造可能世界中之最好的，萊氏以為「上帝本可以創造一個無惡的世界，但它不會像這個實在的世界這樣好」（見羅素西方哲學史十一章），而我們這個世界乃可能世界中之最好的。關於萊氏以「這個世界乃可能世界中之最好的」，柏萊德烈F. H. Bradley曾諷刺說：「而其中萬事皆為必然之惡」（同上），柏氏此言固是不滿萊氏之說，唯無論萊氏之說如何，柏氏之言之為消極意義之激情反動則屬無疑，吾人現所願積極把握省察者，唯是萊氏「上帝有無窮可能世界」之主張，在萊氏之說中，上帝雖有無窮可能的世界，但祂所實現（決定創造）的只此一可能世界中之最好的，而其他的則未實現，此其說表面觀之，似足以說明上帝的「善意」Good Will，而按之究竟，實不足以極成「神意」！

何則蓋上帝之「創造」必扣緊上帝之「善性」而為言（善性為創造之充足理由），而上帝之創造活動亦即是上帝「自盡其性」之活動，今謂上帝只創造此一「可能世界中之最好的」，其他的「無窮可能世界」，上帝雖皆意願之，但卻未實現之，如此，則是上帝有未盡其創造之能事。上帝有未盡其創造之能事，內在於上帝自己言，即是上帝未「自盡女性」如此，則問題有可得而言者二：㈠從神意方面言，上帝既有為其所意願的「無窮可能世界」未創造實現，則神意便未必然貫徹圓滿，而神意中遂有缺憾。抑此等世界既為「神」所意願而又不實現，邏輯上亦是一矛盾，因為凡可能的上帝皆意願之，凡上帝所意願的皆實現，而天下必無既為神所意願而又不存在之物（就「神」言，凡可能的實現；就「人」言，凡可能的不必實現）。㈡從神善方面言：上帝之未能盡其創造之能事，即是上帝未「自盡女性」，而神性中遂有隱曲。抑吾人固知上帝為一純粹之實現性Pure Actuality，今神性中既有隱曲，則上帝之為純粹實現性有未盡實現存焉。綜合以上之論見：吾人肯定萊氏「上帝有無窮可能世界」之說，其勢必將導致神意之缺憾與神性之隱曲（雖然其「充足理由」之原則極合邏輯理性，但其「無窮可能世界」之說法則殊違實踐理性），而在究竟上不能極成。

四、神智之省察

在西方上帝一概念中，神智亦為一極重要之成分。中世紀之宗教學中，且有主意派與主智派之激烈論爭。然吾人之興趣將不在討論此爭論之是非，亦不在調解此爭論之衝突，因此皆屬無意義者。吾人之工作唯欲分別反省主意者與主智者之義理與說法，期能探得其立義之所在，而燭見其是非影響之所及，從而補正其說之未盡是，以真定其立說本義之價值。關於神意的省察，已如上述。本節將繼續省察神智。

西方宗教神學中主智論者之思想蓋淵源於舊約中之箴言，而亞里斯多德哲學中之神學足為其奧援與支持，中世紀聖．多瑪之權威神學為此派思想之領袖然後至近世理性主義者斯賓諾莎Spinoza（一六三四年至一六七七年）將其說推演發展至極高明而入神秘之境，於是乎「意志自由」一觀念在上帝之體任中亦遂全然泯除，不復作用。是則主智論之思想亦有未能極成，而多瑪、斯賓諾莎之過也。今復請追本探源，以見其說之淵源發展與影響。

舊約箴言所記載的本為以色列王大衛兒子所羅門的智慧箴言。所羅門王是最智慧的。在他的智慧箴言中其實已經彰著了「神智」。他一方面告訴我們神智即是宇宙萬物之實現原理，一方面告訴我們神智亦即是人生日用之實踐原理，而於是乎通天人之際，無往而非神智貫徹作用於其間。以是義故，吾人省察神智必自舊約中之箴言始。其言曰：

「耶和華以智慧立地，以聰明定天，以知識使深淵裂開，使天空滴下甘露。」（箴言第三章）

案：在西方宗教神學中上帝是全知的。主智論者且主神智即是萬物之因，一如主意者主神意即是萬物之因。唯吾人固知神意與神智必不對立而排斥，二者同為上帝本體之屬性。以是義故，當吾人對上帝一概念作體性學的解悟時，亦必不可偏執其一，因二者原是互相滲透，並不相礙。主意論者思想之弊既詳言如上，則主智論者之思想吾人亦願審慎鑑定，不使歧出。舊約箴言謂「耶和華以智慧立地，以聰明定天，以知識深淵裂開，使天空滴下甘露」。此種思想無疑的是一種唯智的創造論，即以神智為萬物之因，而上帝的思想與語言（語言是表達思想的，故語言與思想同一）亦便即是宇宙萬物之實現原理。故上帝說要什麼便實現什麼（「說」字吃緊，可參看舊約創世紀，上帝一方面用「意志」從「無」中創造宇宙萬物，一方即用語言從「無」中創造宇宙萬物）。唯吾人於此極願指陳：神智一方面是靜態的，一方面是動態的。自其靜態而言之，祂了解萬物；自其動態而言之，祂實現萬物。然而祂「了解」萬物即是「實現」萬物，並不是在靜態的「智」之了解以外，別有個動態的「意」之實現（創造）。所以祂即靜是動，即動是靜，而動靜一機，猶智意同體，靜而動有意存焉，動而靜有智存焉，所謂即意之時智在意，即智之時意在智，知動靜智意之不一不異，則庶幾乎入三昧而證神體，得道樞以應無窮，而所謂主意論與主智論之究竟論爭者於焉亦可以休矣！

「敬畏耶和華是知識的開端。」（箴言第一章）

「敬畏耶和華是智慧的開端，認識至聖者便是聰明。」（箴言第九章）

「你就明白敬畏耶和華得以認識神。因為耶和華賜人智慧，知識和聰明都由祂口而出。」（箴言第二章）

案：神智之作用有兩面，即：在天道上它是宇宙萬物之實現原理；在人道上它是人生日用之實踐原理。舊約箴言以敬畏耶和華為吾人智慧聰明及知識之開端，而要人「專心仰賴耶和華，不可依靠自己的聰明，在你一切所行的事上，都要認定祂，祂必指引你的路，不要自以為有智慧」（箴言第三章）。因為上帝是全知的，祂賜人智慧，而知識和聰明都從祂口中流出。關此，吾人承認敬畏耶和華可以是知識的開端，但不必是知識的開端。吾人亦承認敬畏可以凝聚心志，孔子亦言君子有三畏：

畏天命，畏大人，畏聖人之言。但依舊約箴言，則只敬畏耶和華，此只一畏。一畏可只是情識之皈依，而不必是知識之開端。由於敬畏耶和華我們能獲得啟示的知識，抑此種啟示的知識，乃「他覺」，非「自覺」。凡此與吾東土儒釋道三教之義不類：儒者之智，固敬畏天命矣，而又居敬以窮理（「居敬」與「敬畏」不同，前者是主體的涵養察識工夫，後者是敬畏超越外在之上帝），至於用力之久，而一旦豁然貫通，則眾物之表裡精粗無不到，吾心之全體大用無不明，而於是乎「何思何慮」，「智周萬物」矣。佛氏之智，持戒生定，由定發慧，至於一念契入，成就無上正等正覺，則十方世界，一粒沙落，皆能了知。然此定慧，亦是自性中出，非由他作。道家之智，致虛極，守靜篤，以觀萬物之復，此種虛一而靜的心智，亦唯是自家修養得來，而「無待」於外。然則，道之「虛靜」，佛之「定慧」儒之「居敬」，皆為智慧之所從出，而與西方宗教神學以「敬畏」耶和華為智慧聰明及知識之開端者究竟不同。蓋上帝的智雖是超越的，但同時亦必是內在的（內在於人性而即為吾之明）。倘吾人內在主體之心情中莫有「自覺」之智，則雖「神智」光照十方，而我之心終成一片漆黑，如此，則表面觀之，似乎極成神智，而按之究竟，其實不然！

西方宗教神學中之主智論在舊約箴言以後，中世紀聖．多瑪之神學為集大成之權威領袖人物。對上帝體性之解悟，他重視神智甚於神意。神意在多瑪之學中是被動於神智的，所謂「意隨於智」，顯然智是主，意是從，而「攝意歸智」。故多瑪在究竟上為主智論。在他的神學總論Summa Theologial第十四問「上帝的知識」中對神智曾有極詳盡的討論，以下吾人即請由之以對神智作充分之省察：

「在上帝中實有最圓滿的知識。要證明此點必須注意『知的有』不同於『非知的有』，……一物之非物質性就是它是能認識的東西之理由，而且依其非物質性之模式，它即為何種之認識。依此De Anima II中說：植物不能知，因其物質性。但是感覺是認識的，因為它能不受物質之拘束而接受種目，而理智則更是認識的，因為它更能脫離物質而不混雜，此如De Anima III中所說。依此，為上帝是最高度的非物質性，所以祂在知識中占有最高地位。」（神學總論第十四問第一款）

案：此一款之題目為「上帝是否有知」。多瑪主張「在上帝中實有最圓滿的」知識……因為上帝是最高度的非物質性，所以祂在知識中占有最高地位。關於上帝是否有知的問題，吾人必須主張上帝不單有知，而且祂是全知，因為愈是物質性的東西，其知愈少；愈是非物質性的東西，其知愈多。瓦石是純物質性，故無知；草木有感應之知，禽獸有感覺之知，人類有靈明之知，而上帝因其為純物質性之反面，故必全知！如此，則物質為「非知之有」，上帝為「全知之有」。上帝之全知不可得而見，即於物質之「非知」（或無知）處見上帝之「全知」。物質之所以為非知與無知者，以其為「純潛能性」Pure Potentiality（即：純被動性）；而上帝之所以為全知者，以其為「純實現性」Pure Actuality。復次，關於「上帝的智之活動是否就是祂的本體」之問題，聖．多瑪說：

「上帝的智之活動必須說就是祂的本體。因為……在上帝，其中沒有形式而是某種不同於祂的有之東西，此如上述。依此，如祂的本質自己亦即是祂的可理解的目，則祂的理解活動必須即是祂的本質及祂的有。」（同上。第四款）

案：多瑪在第二款「上帝是了解其自己」之答問中曾有言：「因為上帝沒有潛能性，而只是純現實Pure act所以祂的智及智之對象必須一起是同一的。所以祂既不是沒有可理解的目，亦不是可理解的目不同於神智之本體，而是可理解的目自己就是神智自己」。此猶如奧古斯丁謂：「在上帝to be同於to be wise，但是to be wise同於去理解，所以在上帝to be同於去理解。但是上帝之『有』即是祂的本體，所以上帝的智之活動就是祂的本體」（見第四款引）。關於神智之活動是否即「神」之本體，吾人須知在上帝「能知」與「所知」永遠合一（攝所歸能）。蓋祂的本質即是祂的可理解的目，而祂的可理解的目即是祂的智之本體！抑能知與所知合一，神智之對象（祂的可理解的目）既「攝所皈能」而同於神智之本體，則神智之活動必隨神智之對象（祂的可理解的目）而皈同於神智之本體（關於「上帝是否了解祂自己」的問題，於此亦可不言而喻）。復次，關於「上帝是否因相應的知識而知祂自己以外的東西」之問題，聖．多瑪說：

「人們說：上帝只是一般地知道祂自己以外的東西，即只當作公共於它們的有而知之，是錯誤的。……因為去知一物若是一般地而知之，不是如別地而知之，便是對於它有一不圓滿之知識。依此，吾人之理智當它從潛能皈到現實時，首先得到事物之普遍的而混擾的知識，在它各別知之之前。關此亞氏物理學I. I. 中言之甚晰。所以如果上帝關於祂自己外的東西之知識只是普遍的而不是特殊的（別各的），則祂的理解必不是絕對地圓滿的，依此，祂的有亦不是絕對地圓滿的。所以我們必說：上帝是具有一種相應的知識而知祂自己以外的東西，不只是當作公共於它們的有而知之，而且是當作彼此不同而知之。」

（同上。第六款）

案：西方宗教神學主上帝之全知。上帝即全知，則在原則上：祂必知一切東西，而在方式上：祂必對萬物既是一般地（普遍地）知之，又是各別地（特殊地）知之。否則祂的知識必不是絕對地圓滿。何則，蓋神智即是萬物之因與實現原理，而上帝了解一物即是實現一物（祂的「了解」與「實現」是同一的）。今謂有一物（現實的「有」）而不為上帝所知，則必是矛盾不可能（關於「上帝是否知祂自己以外的東西」之問題，並此作答）。抑上帝了解一物即是實現一物。今謂有現實的甲乙二物（現實的甲「有」與現實的乙「有」），而上帝對之只是一般地（普遍地）知之，不是各別地（特殊地）知之，則亦必是矛盾不可能。因此現實的甲乙二物既已各別地（特殊地）被上帝實現為此現實的甲乙二物，則邏輯上它必同時亦為上帝各別地（特殊地）了解為此現實的甲乙二物。否則，上帝如未各別地（特殊地）了解此現實的甲乙二物，則便無法說明祂何以已各別地（特殊地）實現了此現實的甲乙二物，而此現實的甲乙二物之所以不同的特殊性亦遂無法說明（關於「上帝是否知單個的東西」之問題，於此亦可不言而喻）。以是義故，吾人必主：神智對萬物既是一般地知之，又是各別地知之；既是普遍地知之，又是特殊地知之。一般而普遍，故「範圍天地之化而不過」，各別而特殊，故「曲成萬物而不遺」。此義既明，故上帝對祂自己以外的東西必因相應的知識而知之，亦唯因祂對萬物具有相應的知識（各別而特殊的知識），所以祂對萬物才能夠「如其分而了解即如其分而實現」！復次，關於「上帝底知識是否是辨解的」之問題，聖．多瑪說：

「在神智中沒有辨解性。證明如下：在我們的知識中有兩種辨解。第一，只依相承續而為辨解，此如當我們現實地了解任何東西時，我們再轉而了解某種別的東西。第二，是依因果性而成之辨解，此如當通過原則而到結論之知識時。第一種解辨自不屬於上帝，因為如有許多東西，假定其中每一個是含在其自身中，則我們相續地了解之，如果我們在某一東西中看它們，則我們同時地了解之，此如在全體中了解部分或在鏡子中看不同的東西。現在上帝只在一個東西中看萬物，此一個東西就是祂自己。所以上帝看萬物是一起地看之，而不是相續地看之。同樣，第二種辨解亦不能應用於上帝：㈠因為此第二種辨解預設第一種，因為不管是誰，只要他從原則到結論，他即不能同時考量此兩者（案：即必須是相續地）；㈡因為要是如此進行，便是從已知到未知，依此，顯然當第一個已被知，而第二個仍未被知，如是第二個之被知並不是在第一個中而被知，而是從第一個而被知。現在，當第二個在第一個中被看時，即因把結果融於它們的原因中，辨解推理之終限即得到。那時，辨解即停止。依此，當上帝在其自身中看祂的結果。一如在它們（即結果）的原因中看之時，祂的知識即不是辨解的。」（同上。第七款）

案：上帝對於萬物之認知，一方面是一般而普遍地知之，一方面是各別而特殊地知之，此義已如上述。唯神智的認知活動雖有其各別而特殊的一面，但上帝的知識必不是辨解的。上帝的知識所以必不是辨解的，是因為神智的活動永不是概念的方式，所謂神智之活動永不是概念的方式，即上帝對於萬物的認知，即不是推理演繹的，亦不是經驗歸納的。祂全然是一種「直覺的智慧」，而此種「直覺的智慧」從空間方面說是無限地（「一念三千」），從時間方面說是永恆地（「一念萬年」）。上帝對於萬物的認知既是這種「無限而永恆」的「直覺的智慧」，即：祂在一念間了知一切（聖．奥古斯丁說：「上帝並不是在它們的特殊性中，或分別地看一切東西，好像是先看看這個，然後再看看那個，而祂是即時一起看一切東西。」見De Trinirere X V.14.），故祂的知識必非辨解的，而在神智中永無辨解性！復次，關於「上帝的知識是否是可變動的」之問題，聖．多瑪說：

「因為上帝的知識即是祂的本體，恰如祂的本體總是不變的，所以祂的知識亦必一起是不變的。」（同上。第十五款）

「上帝亦知祂所能的，而實未作。依此，從『祂能作比祂已作為較多』，並不能推『祂能知比祂已知為較多』，除非牽連到觀看底知識，依此知識祂知道那些東西是現實地存在於某段時間中。但是從這事實，即：祂知某些東西能是而未是，或某些東西能不是而實是，這並不能說祂的知識是變化的，倒是可說祂知道東西之變化性。但是如果任何存在的東西，上帝以前並未曾知，而以後才知，則祂的知識自是變化的。但這是不可能的，因為不管什麼它在任何段時間中是或能是，皆在祂的永恆性中為上帝所知。依此，從一物被說為存在於某段時間中這事實，我們必說它總是依永恆而為上帝所知。依此，我們不能說上帝能知比祂已知為較多，因為此命題函著說：祂前未曾知，以後才知。」（同上。第十五款）

案：在第四款之問題中，吾人已證知神智之活動即是祂的本體，然則神體既「如如不動」，故神智必「永恆不變」。抑多瑪由「祂能知比祂已知為較多」之不可能以證明上帝知識之不可變動，即：在上帝無能知與已知之差別，凡祂所能知的祂盡已知之，否則，在祂所已知的以外，若復有祂能知而實未知的，則祂的知識即是變動的（祂雖能知之，但前未曾知，以後才知，是即變動）。此說亦極是。唯多瑪肯定「祂能知比祂已知為較多」之非，而執著「祂能作比祂工作為較多」之是，則猶有未足為了義者矣！何則，蓋既執「祂能作比祂作較多」，則何以祂能知不比祂已知為較多?!此以何因緣而為如是差別不同?!其有以然乎？其無以然乎？雖然，多瑪知「祂能知比祂已知為較多」即函「祂前未曾知，以後才知」，而如此將損及神智之圓滿性，則寧不知「祂能作比祂已作為較多」即函「祂前未曾作，以後才作」，而如此亦將損及神意之圓滿性乎？蓋神智必全知而了解（盡其知），故不能說「祂能知比祂已知為較多」；而神意必全實現而創造（盡其能），故不能說「祂能作比祂已作為較多」。上帝是在一時一起了解萬物，亦即一時一起創造萬物。在上帝的本體中永無「前未曾知，以後才知」之事，亦永無「前未曾作，以後才作」之事。此其所以為「全知」與「純實現」也。抑多瑪知「祂能知比祂已知為較多」之非，而不知「祂能作比祂已作為較多」之謬，實緣於其唯欲成就神智，故爾忽忽神意，此又其所以為主智論也。

復次，關於「上帝是否有未然的東西之知識」之問題，聖．多瑪說：「那些不是現實地東西其為真是當它們在潛能性中而為真。因為它們是在潛能性中是真的，而即以此，它們為上帝所知。」（案：上帝為純實現性，神智所照無未然之事物，即無「可能但非現實」之事物）。蓋就人之立場言，有已然與未然，已知與未知之分別，此因人智為有限，即人智之活動是在一有限的時間與空間中。唯就上帝言，則無此分別。上帝之知之即實現之之創造活動不在時間過程中。故在上帝之創造活動中亦無「未然」。「未然」一觀念對於上帝乃是無意義的，故上帝是否有未然的東西之知識，此問題亦無無意義。或曰：一客觀的有限物，因是組合故，有物質性故，故有潛能性，有發展過程，有實現地真，有潛能地真。上帝即如其為潛能地真而知之，是即知未然。曰：能實現之分，是吾人之分解，乃抽象的權說。故潛能之未然亦是抽象之概念，對人心有意義，對神智無意義。如實言之，一物或有或非有。如其為有，即現實。在神智之前，一切皆現實之然，而潛能之未然。復次，關於「上帝底知識是否即萬物之因」之問題，聖．多瑪說：「上帝的知識即是萬物之因。……現在，顯然上帝是因祂的智而因致萬物，因為祂的有就是祂的理解之活動，依此，當祂的意志與知識聯合一起時，祂的知識必即是萬物之因。」（案：多瑪以神智與神意聯合時，神智必即是萬物之因，此猶如其在第九款答反三中謂：「上帝之知識是萬物之因，當意志與之聯合時。」如此，則似乎當意志不與之聯合時，神智即不是萬物之因，然則神智之為萬物因是「有待」非「無待」矣。既有所待則不足為究竟亦明矣。抑此種說法終是析神智與神意為二，夫意智對立，以為兩行，則凡於上帝體性之描述，吾知其必委曲婉轉而難為其說。何則，蓋神意與神智，本際圓融，平等相涵，二者之間無彼此上下之分，亦無因果主從之別。此義既明，則上帝之體性於焉彰著，而一切委曲婉轉之義理癥結於焉亦可以渙然冰釋，調適而上遂矣）復次，關於「上帝是否能知無限的東西」之問題，聖．多瑪說：「因為上帝不只知現實的東西，且亦知對於祂或被造物是可能的東西，且因這些是無窮的，所以必主祂知無限多的東西」（案：上帝為純實現性，神智所照，無「可能但非現實」之事）。今多瑪以上帝能知無窮的「可能但非現實」之事物，而主上帝必知無限的東西，然則上帝是否究知無限的東西?!關於此問題，吾人認為上帝之知無限的東西不能由祂能知無窮的「可能但非現實」之事物以證明，而徑直地因為上帝自己即是一永恆而無限之存在（祂的創造是永恆而無限），且祂能圓滿地了解自己（可參看第二款「上帝是否了解其自己」及第三款「上帝是否全了解祂自己」之多瑪答詞）故上帝必知。無限地東西。

以上吾人已就聖．多瑪之神學對神智作充分之省察。其義理之癥結與夫是非之影響，舉其大端，已略如上述。唯尤有進者，多瑪之論神智縱令其說之本身一無問題，而在究竟上亦終是不克極成神智。何則，蓋多瑪以其非常之理智對上帝之體性強探力索的結果，亦只落得一外延的了解，即他雖分析祂，但不能成就祂（多瑪思辨力極強，而直覺力殊短，極思辨不過分析，唯直覺乃能創造，此其根性然也）。以此多瑪對於神智的討論，亦復辨析有餘，而高明頓悟則深有不足，即：他只能了解神智之「執著」（有）一面，而不能把握神智之「虛靈」（無）一面，亦即他只知神智之必「全知」，而不知神智之究竟「無知」（其實西方之一切神學與哲學，類皆不能及此）。須知，神智當以「無知」為體，以「全知」為用，無知是「寂」，全知是「照」，寂照同體，本際如一，故無知而無不知。無知而無不知，方是神智之究竟極成，而作如是解，即為了義。以下吾人將從東土儒釋道三教之經論中推出一「無知之知」之義理境界，一則藉以見西方宗教神學關於神智討論之不足，二則藉以代為成就神智之究竟「無知」（因為在西方根本無此智慧，故必求之斯土）。

關於聖心神智之「無知而無不知」及「不知之知」之義理，在東土儒釋道三教之經論中，皆有極高明而精微之陳述。就中尤以姚秦時釋僧肇之「般若無知論」於此義發揮最善。般若為梵語，義譯為智慧。今謂般若無知，則智而不智矣。智而不智即無知而無不知，僧肇以「般若無知無不知」為般若之究竟。蓋無不知是「照」，無知是「寂」。

般若無知無不知，故「寂而常照，照而常寂」（僧肇語）。照而常寂，故其照不窮；寂而常照，故其寂不滯。不滯不窮，故其「智」恆體如如，而又神用不息，此則般若智之根本與究竟也！僧肇般若無知論之宗旨既明，吾人將再節錄其一段文字以見其義理之真實內容焉：

「是以聖人虛其心而實其照，終日知而未嘗知也。故能默耀韜光，虛心玄鑒，閉智塞聰，而獨覺冥冥者矣。然則智有窮幽之鑒，而無知焉，神有應會之用，而無慮焉。神無慮，故能獨王於世表，智無知，故能玄照於事外。智雖事外，未始無事。神雖世表，終日域中。所以俯仰順化，應接無窮。無幽不察，而無照功。斯則無知之所知，聖神之所會也。然其為物也，實而不有，虛而不無。存而不可論者，其唯聖智乎。何者，欲言其有，無狀無名，欲言其無，聖以之靈。聖以之靈，故虛不失照。無狀無名，故照不失虛。照不失虛，故混而不渝。虛不失照，故動以接麤（准案：麤，粗也。謂形而下之器，即物是也）。是以聖智之用，未始暫廢。求之形相，未暫可得。故寶積曰：『以無心意而現行』。放光云：『不動等覺而建立諸法』。所以聖跡萬端，其致一而已矣。是以般若可虛而照，真諦可亡而知，萬動可即而靜，聖應可無而為。斯則不知

而自知，不為而自為矣。復何知哉？復何為哉？」（日本大正版大藏經四五卷一五三頁肇論般若無知論）

僧肇此論，發揮般若之無知無不知，以成就般若之究竟智，可謂辭義並茂，得甚深了義。唯僧肇般若無知之思想實非得自印度佛法，而為吾國周易老莊之所固有。高僧傳稱其「愛好玄微，每以老莊為心要。」今略舉其端緒，以見其般若無知思想之淵源，實為吾道固法而無疑：「周易繫辭傳上曰：易無思也，無為也，寂然不動，感而遂通天下之故，非天下之至神，其孰能盛於此？」（第十章）。又曰「神無方而易無體」（第四章）。易無體者，虛靈至圓，惟變所適，故無定體。神無方者，知周萬物而無專向（全而不偏），即無不知也。故易之知即是無知而無不知之知！復次，在老莊之思想中，關於「無知而無不知」及「不知之知」亦有極高境界之描述。老子之「大巧若拙」「大智若愚」，雖是深刻的經驗智慧，然其實則為一「智而不智」的辯證智慧。莊子中將此種辯證的智慧發揮極至，遂得一「無知而無不知」及「不知之知」之圓滿境界。齊物論：「齧缺問於王倪曰，子知物之所同是乎，曰吾惡乎知之？子知子之所不知耶？曰吾惡乎知之？然則物無知耶？曰吾惡乎知之？」此一問而三不知，夫豈不知哉？良以「無思無慮始知道」（知北遊）。而「不知深矣」，知之淺矣，弗知內矣，知之外矣。」（同上）。故曰：「弗知乃知乎，知乃不知乎，孰知不知之知」（同上）。而不知之知是即究竟知也。又「黃帝遊乎赤水之北，登乎崑崙之丘，而南望還歸，遺其玄珠。使知（案：能思）索之而不得，使離朱（案：能視）索之而不得，使喫詬（案：能辨）索之而不得也，乃使象罔（案：無知），象罔得之。黃帝曰：異哉，象罔乃可以得之乎？」（天地）。此故事以能思能視能辨皆不若無知。何則，無知無不知。故人間世曰：「聞以有翼飛者矣，未聞以無翼飛者也，聞以有知知者矣，未聞以無知知者也。」苟以無知，則無不知矣！復次，莊子以「至人之用心若鏡，不將不迎，應而不藏，故能勝物而不傷。」（應帝王）。此則尤直接有以啟發僧肇「寂而常照，照而常寂」之般若無知思想也。總之，僧肇之論，得之「三玄」可以無疑！

聖．多瑪關於「神智」的討論在方便上有未盡是，而在究竟上有未極成，其義已如上述。以下吾人將再省察主智論思想之殿軍斯賓諾沙Spinoza（一六三四年至一六七七年）之神學。如我們所悉知的，斯氏在西方哲學中為一理智清明，靈魂最高貴的理性主義者。他的全部哲學皆受上帝觀念之支配。上帝是唯一的實體Substance，心與物是上帝的屬性，而心物二系之「連續的整全」即等於上帝或自然God of Nature。在斯氏，自然與上帝是同一的，而上帝即內在於心物二系之「連續的整全」中而為其體。故斯氏為一內在論或泛神論。抑斯氏觀宇宙一切皆「永恆如如」而為一「本質」（理）的必然系統，故又為一命定論或主智論。照斯氏的論見，上帝或自然即等於一邏輯數學之必然系統，故其間一方面必無偶然事件之發生，一方面亦無意志自由之創造。所謂「偶然」只是我們的無知，而所謂「創造」亦只是無知地激情與衝動。於是乎在上帝之體性中「意志」一觀念遂不復存在，一切既皆隨於理性之必然而一理平鋪，故斯氏不止為一主智論，抑且為唯智論矣。

案：斯實諾沙的境界雖高，然而其對上帝或自然之唯智思想卻未盡是，此猶如萊布尼茲之神學雖精彩，然而其上帝有無窮可能世界之思想卻未盡是一樣。在斯氏之說中「意志自由」及「創造」之觀念沒有，不但沒有，且根本反對（意志自由及創造是無知的激情與衝動）。斯氏一切唯智，永恆必然，一理平鋪，而如如不動，於是乎「神智」遂充分客觀化而得一境界上之成就。抑斯氏由境界上成就神智，而多瑪則從思辨上成就神智，二人之所成就雖異，然其皆不能圓融神與神意則一（斯氏「攝意歸智」而吞沒之，多瑪「意歸智」而臣屬之）。故其所成就都為似成就。所謂似成就者，以其未能究竟成就也。雖然，概乎二人皆嘗有得於神智矣！

五、神愛之省察

在西方上帝一概念中，神愛復為一極重要之成分，而耶穌的精神即是將上帝表現為一「普遍的愛」Universal love亦即由「愛」以彰著上帝是也。蓋上帝必然有「愛」，而「愛」即是祂的本質，此點於神愛世人以及耶穌的上十字架已經完全證明。唯西方宗教神學中關於「神愛」的思維與說法亦復未有盡是。「神愛」之義理苟不能調適而圓成，則上帝之體性終是昏暗無明，委曲而難為。故本節將繼續對於「神愛」從事省察：

首先，吾人將辨西方神愛之概念無本體論之意義。在西方宗教神學中於關上帝的創造之問題，雖有其極重整之強調，然其實皆不得究竟，即：上帝何以要創造此世界，以及世界的創造之如何可能，關於此等問題，彼等但知為護法而如此強調，至於本源處則始終無積極之反省與建立。西方宗教神學既於「神善」之義無可能極成，而於「神愛」之義又復疏缺（彼等除以「神愛世人」一義為其傳教之方便外，幾不知更有他義）。須知，「神善」即是上帝何以要創造此世界之先天理由，而「神愛」即是此世界的創造之如何可能。神善是神的「成物之性」，神愛則是神的「生物之心」。因為「神善」，所以上帝必然要創造此世界；因為「神愛」，所以此世界的創造乃可能而實現。「神善」與「神愛」是宇宙萬物之大本達道。此處成就，一切便成就，而「天地位，萬物育」。

此處不成就，一切便不成就，而「天地閉，乾坤熄」。以是義故，「神愛」必有其本體論之意義，而宇宙萬物亦便即是神心神愛之發用流行。抑上帝之本體是絕對而必然不變的，故神愛亦是絕對而必然不變的。神愛既必然不變，故祂必不能此一時高興創造，而彼一時則不高興。同樣祂亦必不能此一時喜歡創生宇宙萬物，而彼一時則喜歡毀宇宙萬物。祂必永恆地愛，亦必永恆地創造。神心神愛是「於穆不已」的，萬物的創生與宇宙的歷程亦是永恆不息的。然則「末日審判」及「世界末日」之說於焉亦遂無所容矣！

復次，吾人將辨神愛之概念在作用上為第二義。西方宗教神學中除上帝之創造外，上帝的拯救亦為一極重要之觀念。由「創造」吾人見證上帝的「善」，而由「拯救」吾人見證上帝的「愛」。唯此有一問題，即在「創造」與「拯救」之間，尚有一「原罪」之觀念，從拯救有「恩寵」一觀念，從原罪有「天譴」一觀念。基督教既主張一人類與生俱來皆有原始的罪惡，故理當遭受永恆的譴罰，而在上帝面前世人直如待罪之羔羊，雖其愚昧無知，然可憐亦復可愛，無已，因復有拯救與恩寵之說。復次，在西方宗教神學中創造，原罪恩寵，此實為一貫之三部曲，而顯然因為先有原罪此一事實，然後有上帝之拯救與恩寵，由上帝之拯救與恩寵，由上帝之拯救與恩寵吾人即證見「神愛」。然則，關於「神愛」，吾人由「原罪」一觀念之是否成立，將可有正反兩面之省察：㈠假令原罪能成立：即人類自有始以來由亞當夏娃犯罪開始，後世之人即無一人無罪，且因此罪為一自本自根之甚深種性，如因果相生，以至於業力之不可思議，故任何除非由於上帝自由意志的拯救與恩寵，即無法得救如此，基督教既肯定人類之原罪以建立上帝之恩寵，則顯然上帝之恩寵（神愛）唯是以世人之原罪為緣起。神愛既有所緣，即是有待。既是有待，便非絕對，而為第二矣！抑更進而言之：「此生（原罪成立）故彼生（神愛即能見）」，神愛既有待世人之罪而後當，則在究竟上神愛不能被極成。何則，以其有為相對法，不能絕對主動故！復次，此緣「罪」而有「愛」，如實言之，根本是「憐」非「愛」（憐是相對而有待的，愛則絕對而無待）。知「憐」之非「愛」，則由肯定世人之原罪以建立上帝之恩寵之不能極成神愛也，明矣。㈡假令原罪不成立：即人類並無所與生俱來之原始罪，惡則上帝之拯救與恩寵（神愛）便根本無意義可言。何則，蓋上帝的拯救與恩唯是相對於世人之原罪而言。倘世人根本無此所謂原罪（關於原始罪惡的遺傳與繼承的問題，到底原罪是否可能遺傳，以及如何遺傳，是由靈魂遺傳，還是由身體遺傳，聖．奧古斯丁亦並不清楚而難為其言。可參看羅索著西方哲學史第四章末節），則自必無勞於上帝的拯救，亦必無有於上帝的恩寵。如此，則試問上帝的「愛」究將於何見？必無所自矣！抑更進而言之：「此滅（原罪不成立）故彼滅（神愛不可見）」，神愛既不能無待於世人之罪而自立，則其為緣起法及第二義亦明矣！

復次，吾人將辨神愛之概念在客觀上優差等之影響。在西方宗教神學中由肯定世人之原罪以建言上帝之拯救與恩寵，而由上帝的拯救與恩寵即證見「神愛世人」之義。唯基督教「神愛世人」之說苟從義理之真實是非處省察亦實有其未盡是者。何以知其，然蓋依彼等之說法，神愛世人唯是普遍地愛之。所謂普遍地愛之，即是上帝之愛普天下之世人無以異而無不愛。雖然上帝的「愛」尅就上帝本身言必須是普遍地（於一切無不愛，於所愛無以異）。唯此種「普遍地愛」由耶穌將之投照在吾人之全面人生界所產生之影響，則深有乖謬而於義未合。何則，蓋耶穌所體現的「愛」（在上帝或在人間）只是一個普遍而無差別的愛，即所謂「博愛」是也。新約馬太福音載：

「耶穌還對眾人說話的時候，不料他母親和他弟兄站在外邊要與他說話。有人告訴他說，看哪，你母親和你弟兄站在外邊要與你說話。他回答那人說，誰是我的母親，誰是我的弟兄。就伸手指著門徒說：看哪，我的母我的弟兄，凡行我天父旨意的人就是我的弟兄姐妹和母親了。」（十二章）

「你們不要想我來是叫地上太平，我來並不是叫地上太平，乃是叫地上動刀兵。因為我來是叫人與父親生疏，女兒與母親生疏，媳婦與婆婆生疏，人的仇敵就是自己家裡的人。愛父母過於愛我的，不配作我的門徒。愛兒女過於愛我的，不配作我的門徒。不背著他的十字架跟從我的也不配作我的門徒。」（十章）

案：耶穌這一些話顯然是將人間的父母子女以及弟兄姐妹的「愛」消融了，而將之一並同於「神愛」之普遍性中。如此，則顯然其所成就的，唯是一寡頭的，普遍的「神愛」，而人間的一切價值差等，孝慈友悌，則悉被泯除。如此，則雖上帝俱有無限的「光」與「熱」，然而人間終於一片陰涼黯淡，全不生動。抑此種「情感一元論」只能成就普遍的「神愛」，而不能持人間之價值差等，孝慈友悌，則充其極必將至於「蔽於天而不知人」之失，而人生的活潑性與文化的創造性於焉窒息，此則中古基督教文化之大弊，而其關鍵唯在於對神愛之概念在客觀的具體人生上之表現與影響無善會。須知肯定神愛的普遍性，必不可抹殺人間愛的差別性，在人間所謂「普遍地愛」，此只是仁者之「存心」，一旦歸於「實踐」，則其間必有漸次差等（上帝一了百了。祂的「實踐」即內在於祂的「存心」中，亦即祂的「實踐」與祂的「存心」是同一的，故無此問題）。故孟子一方面雖造「仁者無不愛也」，而一方面又必言「親親而仁民，仁民而愛物」。夫此豈無道理乎。良以漸次差等為價值觀念之所要求，亦為道德實踐之內在理則。倘只求普遍而僈差等，則一切便將齊物同化，價值理想亦必隨而掛空，而道實踐之活動亦遂泛流而無由真成矣！

復次，吾人將辨神愛之概念之表現方為悲劇精神的。在西方宗教神學中上帝的「愛」唯是由上帝的拯救與恩寵處言之，然則上帝之拯救與恩寵將於何見之。於救世主——耶穌基督之上十字架見之。須知基督之上十字架，此一舉之涵兩義：一方披露上帝之愛，一方贖負世人之罪是。而他的贖負世人之罪，即是披露上帝的愛。何則，蓋世人的「原罪」本當遭受永恆的譴罰而殊無理由來申訴，現在，由於上帝的預定竟遣其獨子背上十字架以其「血」向來贖負世人之「罪」（案：基督上十字架乃命中注定，先天而必然），而吾人於此即便證見上帝的「愛」。如此則顯然上帝的「愛」唯是藉基督之上十字架而表現披露，亦即唯是藉耶穌之殉道死難而表現披露，然則上帝的「愛」之表現方式之為悲劇精神的亦明矣。抑此種悲劇的殉道精神（案：即是藉一種自我毀的手段以成全一客觀的「道」與「理」，而發放出強烈的「光」與「熱」者），又不只宗教為然，蓋在西方文化之生命中根本即先天的具有此種悲劇精神。耶穌以此種精神方式成全了神愛及宗教，蘇格拉底以此種精神方成全了道德與理想，而西方的科學家畢生將精神生命披射在外在的物理世界而竭盡其力以成就科學的知識與真理，亦正是此種精神方式滅度。孔子以貴族之後，求仁救世，周遊列國，然後返魯刪詩書，訂禮樂，作春秋，贊周易，道貫古今，德配天地，享年七十三，死葬曲阜，子貢守焉。凡皆不類基督之上十字架精神，然而其成道立教全然無以異者，是豈非東西文化生命之精神有其究竟不同者存焉，是必有然矣！

復次，吾人將辨神愛之概念之布施之機會性。在西方宗教神學中有「基督的再來」一觀念。吾人知道耶穌是上帝的獨生子，在公元一千九百五十六年前上帝曾遣使他降生世間一次，這是他的第一次降生。耶穌的第一次降生世間是背著十字架來的，身分是救世主，所以他帶來的是天國的福音，而他的表現只是謙卑與布施，最後他終於上十字架將他的血洗贖世人的一切罪過，只要信奉他的人都必得救。當他的這一番使命工作完畢以後，他便回到上帝身邊去了（坐在祂的右邊）。不過，基督雖然去了，他終必還要回來，此即是所謂「基督的再來。」當基督再來時，那似乎是一件極嚴重而又可怕的事情。因為基督的再來全然與他的第一次降生不同。這一次他是帶著一切的尊貴，榮耀與權柄，並且是拿著生死簿來的，身分是審判者，他的再來為的是主持「末日審判」以實現「（基督的）千年統治」。新約啟示錄曰：

「我又看見一個白色的大寶座，與坐在上面的，從他面前天地都逃避，再無可見之處了。我去看見死了的人無論大小都站在寶座前，案卷開了，並且另有一卷展開，就是生命冊。死了的人都憑著這些案卷所記載的，照他們所行的受審判。於是每交出其中的死人，死亡和陰間也交出其中的死人，他們都照各人所行的受審判。死亡和陰間也被扔在火湖裡，這火湖就是第二次的死。若有人名字沒記在生命冊上，他就被扔在火湖裡。」（第二十章）

案：根據基督教的教義上帝毀這個世界的記錄將有兩次。第一次是用洪水活活地淹死萬物。舊約創世紀載：「（祂）要使洪水氾濫在地上，毀天下，凡地上有血肉有氣息的活物無一不死」（第六章）。第二次是用硫磺火湖活活地燒死一切不得救者（見新約啟示錄第二十章）。在基督教義裡，我們的世界是有窮的。人類的歷史由接受上帝的「永恆譴罰」開始，到基督再來的「末日審判」為止，這其間自始至終完全是一個贖罪的歷程。但是由於上帝自由意志的困窮，在一千九百五十六年前曾經遣使祂的獨子——救世主耶穌基督來過世間一次，宣布天國的福音而為世人贖罪。凡是「悔」罪而「信」他的人都必得救，而在基督再來時便能重回天國。但是上帝的恩窮是不可猶豫的，而基督此宣布的福音亦是不稍等待的。當他第一次為世人背上十字架以救世主的姿態來臨時，世人就早該「悔信」，若復愚昧無知，造作如故，則為他再來時，一切便太晚了。末日審判的陳設已經莊嚴肅穆地擺在那裡。從前謙卑、和平、博愛、布施的救世主，如今成了尊貴、榮耀、權柄、嚴厲的審判者。他身坐白色的大寶座，手拿生死簿。凡是「信」而得救，名字寫在「羔羊生命冊」上的，便升登天國，重歸上帝；凡是未曾「悔」罪及「信仰」神的，便扔進火湖，打入地獄或讓飛鳥喫飽他們的肉（案：在神的大筵席上，空中的飛鳥可以飽餐世間的君王與將軍，壯士與馬和騎馬者，並一切自主的為奴的以及大小人民的肉，因為這些人都是沒有悔罪及信仰神的。可參看新約啟示錄第十九章）。以上關於基督的再來與末日的審判已略見其義。唯吾人雖亦極願望基督的再來，但吾人殊反對末日審判之說法。何則，蓋吾人相信上帝的愛必是普遍而永恆地。以其普遍，故無物不愛；以其永恆，故無時不愛。抑基督的再來這是理想中的必然，但他的再來必不是主持末日的審判，而仍然是來救世。須知，神愛的布施是無窮無限的。倘基督的再來即是末日的審判，則顯神愛的布施只是有限的，機會的（即基督第一次降生救世時），然此說之必不能成就神愛甚明，故有識者弗取焉！

六、神力之省察

在西方上帝一概念中神力亦為一重要之成分。基督教的新舊約，廣泛地說來，「舊約中的上帝是力的上帝God of Power，新約中上帝是愛的上帝God of love」（羅素著西方哲學史第三卷第十一章）。蓋舊約中的上帝唯是以創造主宰萬物顯，而新約中的上帝則由基督博愛救世的精神顯。又萊布尼茲說：「上帝的善性引祂去欲去造善的，祂的智慧指示給祂以最好可能的，祂的力量能使祂創造之」，且「上帝的智慧與善性相應於我們中的智識及意志，但是祂的力是一特別的屬性，其他被造物無有能與之平行者。」（並見牟離中先生著「羅素著萊布尼茲哲學疏導」第十五章引）。由此可自「神力」在西方上帝之概念中實為一重要之成分，而神力之「無限」與「殊特」乃為上帝之特別屬性。唯西方宗教神學中關於「力」之說法亦有未盡是者。今復請一省察之：

西方宗教神學中上帝「超越而外在」之觀念為一必須肯定之真諦。然而上帝的超越外在義將於何見之，曰：唯於神力之「無限」與「特殊」處見之。萊布尼茲以上帝的善性智慧與意志皆相應於我們人類之所有（案：人類之善性智慧與意志皆有相似於上帝的善性智慧與意志者）。唯神力之「無限」與「特殊」既為上帝之特別屬性，而上帝的「超越外在」義亦唯神力之「無限」與「特殊」顯。唯神力之無限與上帝之超越外在雖是可說的，然而西方宗教神學之執此說者每因執神力之超越與無限即完全抹殺人類之創造能力，因而亦遂形成一缺憾，即只能成就「神力」，而無餘地安頓「人能」是。且西方宗教神學以神力為絕對的超越與無限，而一切的創造拯救與毀亦唯神力能為之，則人類在上帝的面前自必是渺小而謙卑的，以至於人類完全無力「自救」，匪特無力自救，甚且根本無此可能（唯有祈禱上帝的恩寵，而祂是全知全能的）。西方宗教神學的這種過分偏執「神力」之思想，在積極上不能建立人性之尊嚴與自信，而在消極上實足以培養人性之弱點與自卑。尼采Nietzszhe（一八四四年至一九〇〇年）曾批評基督教為「奴隸的道德」，此言雖稍嫌偏激，然而按之實情，未為無當！相反的，中國儒家對於天命上帝雖亦有一種超越地敬畏，然而必不因此便抹殺人類的創造能力。天地人「三才」之說，既提升人之地位，並天地而為參，而「人定勝天」一觀念乃復為中國人之普偏信念。上古神話傳說中之女媧補天，后羿射日，大禹治水，皆為此一信念之精神表現。而後世儒者實踐之必自信自肯，以及佛氏修行之必自修自證，亦唯是強調「自力」，本於「自性」，而「深造自得」，此則為東方思維之特色，而西方宗教神學之偏執「神力」以抹殺「人能」之義之不諦，於焉亦朗然可見。

復次，西方宗教神學偏執「神力」之無限與絕對，因復有信仰一神之肯定（案：多神論，泛神論皆為彼等所反對）。故以耶和華為唯一之真神，除耶和華外不得敬拜任何其他的神。而耶穌基督則為上帝的獨子。耶穌既為上帝的獨子，故亦唯耶穌能代表上帝。西方宗教神學以耶穌為上帝的「道成肉身」（案：自耶穌本身言，則是「肉身成道」）。故耶穌一身實兼有人性與神性兩者（案：自其人性處言，他「和光同塵」；自其神性處言，他「超凡入聖」）。而在根本上他是一「人而神」man-God。如此，則上帝是全知全能的，他也幾乎是全知全能的；神力的作用是無限而絕對的，他的力也幾乎是無限而絕對的。唯西方宗教神學偏執神力之絕對無限，其結果產生對的一神信仰。而耶穌的「人而神」亦因而成為絕對的，唯一的。即唯有耶穌是「人而神」，其他的人不是。不但不是，亦完全無此可能。此種除耶穌外絕無一人再能是「人而神」的思想與理由「上帝的恩寵」外絕對無一人能經由「自力」而得救的思想，在義理上實是脈絡相通的，而其關鍵唯是過分偏執「神力」的無限與絕對有以使然。凡此皆是西方宗教神學中關於「神力」之說之欠盡是處，而吾東土之義理思維又迥異乎此：儒家對於天道變化的作用雖亦肯定其為無限絕對的（有如神力），而聖功神化，聖人參天地育萬物之作用亦復是無限而絕對的（有如耶穌的作用），唯此處有不同者，西方宗教神學以耶穌是唯一的「人而神」，而儒家則有東南西北四海之聖人，並千百世以上與千百世以下之聖人，而千聖萬聖「此心同，此理同」，其聖功神化，參天地育萬物之作用亦普遍而無殊。明儒劉蕺山有言：「匹夫而立地聖域，一念而遙契千秋」，此種直指人心，「克念作聖」（陸象山語）的思想，其視西方宗教神學之以耶穌的唯一的「神子」與唯一的「人而神」者，真不可同日而語矣！復次，佛教雖無「神」，然其對宇宙人生亦自有其某種意義的「無限」而「絕對」的「力」之肯定，此即因緣業力是也。抑釋氏以佛陀俱有不思議之無邊法力，此與耶穌全知全能的說法亦略相似。唯佛法有十方菩薩，三世如來，並百千萬億恆沙河諸佛，其數無窮無盡，而凡人皆有佛性（大演槃經以「闡提皆有佛性」），見性即可成佛，此與西方宗教神學之以耶穌為唯一的「神子」與唯一的「人而神」者，蓋亦未可同日而語也。凡此問題之未盡是處，皆因西方宗教神學之過分偏執「神力」之無限與絕對，以為欲強調「神力」之無限與絕對，則必強調其唯一不二（即：耶和華是唯一的真神，而耶穌唯一的神學與救世主）。殊不知此種只承認「一」，不承「多」的思想，亦實為了義。儒經禮記禮器篇曰：「禮有以多為貴者。……有以少為貴者」。可見凡天下之貴，不必於多少，倘只知「一」之貴，而不知「多」之貴，此則似猶未免於「物以稀為貴」之常識見地也。

復次，西方宗教神學中有上帝六日創造宇宙萬物之說，而第七日則上帝休息矣（見舊約創世紀首章）。此說對於「神力」死亦有未能是處。何則，蓋上帝不是永恆的靜止，亦不是稍動即止。現在，苟如舊約創世紀所說，則上帝似乎「稍動即止」。以後，便是「永恆的靜止」（無復更有創生之作用與活動，有之，亦只是干涉與騷擾而已）。抑上帝的「力」唯是於上帝的「作用」處見之，今上帝的「作用」亦有其「休息」的時候，然則上帝的「力」亦有不作用之時矣！須知，上帝的永恆必於神力之「作用不息」處言之，方是究竟。故儒者以天道之常行為「變動不居，周流六虛，」而「天行健」乃為「君子以自強不息」之超越根據。抑更進而言之，神力的「作用不息」乃是合動靜而為一的，所謂「獨立而不改，周行而不殆。」自其「體」言，是永恆的不動；自其「用」言，是永恆的不息。而此永恆的不息。而此永恆的不動即內在此永恆的不息中。故究竟如實言之：永恆即是歷程，歷程即是永恆。而天道的永恆即生生的不已，上帝的永恆即宇宙的無窮（體的永恆即用的永恆，體用合一故）。今西方宗教神學既於「上帝的永恆」義無善會（本體論不健全），則其直接影響所及，而產生其斷滅論的宇宙觀乃屬自然之事（西方「世界末日」與「末日審判」的思想，即是一種斷滅論的宇宙觀，蓋上帝可以休息，宇宙豈必無窮）。唯西方宗教神學之偏執並肯定一超越而外在之「人格神」乃為此一問題之根本關鍵所在，而其義理上之甚深病痛亦端在乎是。

七、結論

以上吾人業經分別就神意神智神力諸論點西方上帝一概念完成嚴格而謹慎的省察。於是乎吾人發現：在關於「神善」的問題中，西方的宗教神學對此實拙于討論，而全無善解，聖多瑪之由「性體」以論神善既有其未的確處，而聖·奧古斯丁之由「心體」以論神善亦復未克精純。其次，在關於「神意」之問題中，西方宗教神學中之主意論由舊約創世紀至近世萊布尼茲的神學，皆因過分強調神意，以致歪曲神意（彼等常由約主意論這於唯意論，復由唯意論流於任意論），且因主神意的絕對自由，輒排斥理智而違背理性，此則未免過猶不及，而其意初雖在於成就神意，然其實究竟不能成就神意，匪特不能成就神意，其且幾乎引生其意之之自我否定焉。其次，在關於「神智」的問題中，西方宗教神學中主智論之權威領袖人物聖·多瑪雖對此頗盡其發揮思辨之能事，然亦因過分強調神智，以致神意臣屬於神智，而意志之主動與主宰義不顯。甚者將神智充分客觀化普遍化而於其中根本泯除意志（前者如聖·多瑪，後者如斯賓諾沙），凡此都是偏執義理，唯為究竟。又關於神智的問題，聖·多瑪既只知神智的執著（無不知）一面，而全不知神智之空（無知）一面，則在究竟上亦終難極成神智矣！其次，在關於「神愛」的問題中，此有兩方面：第一，耶穌基督以精神行動具體的表現並彰著神愛是成功的。第二，西方宗教學中所執著的某些有關愛的思想與說法則是不能極成神愛的，甚且有足以否定神愛者（此乃由「愛」轉「恨」之「末日審判」一觀念）。其次，在關於「神力」之問題中，西方宗教神學復因過分強調並偏執神力之無限與絕對，以致完全抹殺「人」的作用，而人性的尊嚴義亦遂不可保。又彼等所以會過分偏執神力之無限與絕對以形成此義理上之困難者，其關鍵是在肯定一超越而外在的「人格神」，而將「絕對」與「普遍」特殊化，乃成此限制與困頓！凡此諸端都是對「上帝的體性」在究竟上無了義的體認，而西方的宗教神學乃於此形見其根本的遺憾與荒謬！抑此處如不疏通調適，則上帝的體性終究不明，而「神」亦終必難為其言也！

復次，西方的宗教神學兩千來所以一直未能活潑而健康地被建立，此有三方面的因緣（其中原因，甚深複雜，然約而言之，大別有三），即：㈠新約的拘束與限制：西方人講宗教神學既以新舊約為唯一而絕對的根據，因而形成一拘束與限制。而此種拘束與限制復有兩面，即在「質」上不得背離，而在「量」不得超出界。此種不背離與不超出的原則與態度致使西方的宗教神學永遠只在保守與狹隘的範圍內簸弄翻滾而烏煙瘴氣（不得變亦不得進），且基督教經典的貧乏拙陋，又久為天下所共知（佛教經論最豐富，有所謂三藏十二部），然而其猶欲執此有限的貧陋以為曼衍而引無窮，則固其難為矣。㈡民族性的作與限制：我們知道民族性對於一個民族文化的全面皆無不有其普遍而深入的作用，西方的民族性既多表現偏激與跌蕩的精神，而此種精神表現內在於西方的宗教神學來看，即形成其宗教神學中的激情與偏執，多端而對立的現象（激情與偏執表現在對上帝的信仰；多端而對立表現在中世紀的神學），且因激情偏執故，乃影響其宗教神學之有非理性，因多端對立故，乃形成其宗教神學之煩瑣性與駁雜性，西方人之拙於兼容並蓄以調適而上遂，則其宗教神學亦固難圓滿而成就矣！㈢思維方式的影響與限制：西方人的思維方式重邏輯的概念推理，因而理智的思辨特強，然而吾人固知理智的思辨（作為一個主體的「能」看）唯是以自然之概念（作為客觀的「所」看）為其專當之對象，苟以之（智的概念方式）把握本體之概念（如上帝）則精神層次俱未必全能相應，何則，蓋本體界本是「心行路絕，言語道斷」的不思議境界，無已，則難冥契體悟（智的直覺方式）可以恍惚得之，然而此種玄理，體悟勝義之「智的直覺方式」之活動，則固非西方人所長，甚且非西方人所有。如此，則「本體」終不可明，本體既不可明，則「本體論」亦便無法圓滿建立，本體論無法圓滿建立，則「宇宙論」與「實踐論」亦即無法充實而飽滿，而於是乎其宗教神學遂整個被限制而困窘，無能為矣！

然則欲活潑而建康地建立西的宗教神學其道究竟將如何？曰：此復有兩方面。即：

在消極方面當務心去除以上三點之限制，而其中尤以轉變思維方式為第一義。何則，蓋西方人之善於「智的概念方式」以運用思考，此不但是「習性」使，然自是甚深「種性」如此。然此種「智」之作用有其專當的對象，即只能用以把握並理解「外在世界」，西方人用之於外在的「自然」而成「科學」，此是相應成就。唯用之於外在的「上帝」而成「觀解的形上學」則非相應成就（雖然此處將凸顯另一問題，即上帝的外在與內在的問題。可詳下文）。是故思維方式不轉變而欲明「上帝」以建立活潑健康的西方宗教神學則未免「以若所為，求若所欲」，必不然矣！其次，在積極方面當務建立一「心性之學」，此亦即是返本體的工夫，而欲將一切學問義理皆植根於吾人之心性而由「自性」中流出。蓋吾人主體之心性即是一切學問之大本大源（自性能生萬法）。此處迷閉，則一切學問義理便如無根之木，無源之水，而於是乎高明者失之於虛耗玄蕩，拙鄙者失之於委曲困頓（前者如中國魏晉之清談，後者如西方之宗教神學）。須知「心性之學」之建立其作用與目的端在調適吾人之主體生命，並開出生命之途徑。抑主體生命既調適，則上而可以通神明之德，下而可以達萬之變，而於是乎徹上徹下，生命完全開啟，智慧完全發光，德性完全彰著，此時正是天門開了鴿子從天上飛下來的境界，也是證道後上帝的真實顯現。否則，一切是外在的，上帝既掛搭不上，西方的宗教神學

（觀解的形上學）亦未便即能依持，兩千年來基督教的歷史文化雖然從外延方面看來亦頗有其精彩而足觀者，然而其內在之生命則一直未見調適，此實為西方基督教之根本問題，如不根本解決之，則雖目前基督教宣傳極盛，遍布全球，然此此只是末流之泛濫，似之而非也。至其實則因循困頓，腐而未敗，莊子所謂：「因之以曼衍，所以窮年」者，此之謂也！

復次，西方宗教神學因肯定一超越而外在的「人格神」，所以上帝的世界——「天國」亦完全是外在的，隔離的。在這種外在而隔離的形式之下，人與神的關係是對立的，上帝對於世人所有的是外在的創造或外在的啟示；而世人對於上帝則是外在的皈依或外在的祈禱。抑人的世界與神的世界既如此其懸隔，而吾人人生奮鬥之唯一目的即在於重回天國，如此，蓋人生之本身不成為一目的，而只是手段。世界的歷史也只是有限的過程，一切都是無常，當末日來到的時候，審判開始，宇宙人生便也就結束了。西方宗教藉宇宙人生之有限性以顯上帝的絕對無限與永恆，而吾人唯有歸向祂，與祂同在，亦才能獲得「永恆」與「真實」的意義。基督教此種外在說雖在其宗教信仰上頗足以激勵世人之情感而引發一種對超越外在的上帝與天國的企求與嚮往，然而此種偏執的思想與說法顯然不還以為究竟之真理，何則，因其對宇宙人生完全不能積極的肯定，而完全揚棄宇宙人生後，上帝天國亦便虛托光景，無意義可言。蓋上帝天國是永恆的真實，宇宙人生亦是永恆的真實，二者是相待相成的，沒有上帝與天國，宇宙人生便沒有光明與理想；沒有宇宙與人生，上帝天國亦便沒有意義與內容。西方宗教因偏執外在的上帝與天國而貶抑宇宙與人生，此固不外為了義，而其所偏執者亦即未能究竟成就！抑上帝與天國之必不外在而隔離，此復有兩義：即一方面不外在於吾人之心性，一方面亦不外在於吾人之世界。基督教於此兩義全乖謬，故其說殊不成義理；佛氏菩提涅槃之說雖見得一切法不離自性，然而其究竟解脫之思想不可以為家國天下，則佛法雖不外在於吾人之心性，然卻外在於世間（佛教雖有「佛法不離世間覺」一語，但此只為一方便，究竟上彼等對於宇宙人生並無真實之肯定，所謂「五蘊皆空」，還是解脫要緊）。唯吾人肯定一切之義理與境界皆當從吾人之心性中流出，然則上帝與天國之說法將如何安頓？關於此問題吾人解決之道有二：第一，吾人主張取消外在的人格神之信仰（多神的信仰為文明水準高的人所不能接受；人格神的信仰則為文化水準高的人所不能接受），同時否認「上帝」與「天國」為離心性之外在的「對象」。雖然，上帝與天國是客觀的，但此客觀必不離吾之主體心性，而為主體心性在客觀踐履活動中所呈現的一種屬性與境界。孟子有言曰：「充實之謂美，充實而有光輝之謂大，大而化之之謂聖，聖而不可知之謂神」（盡心下），此處所謂的美、大、聖、神皆非等級義，而即是吾人主體心性在客觀踐，履活動中所分別漸次呈現的屬性與境界。且人既皆俱此明德良知之心性，則理論上任何人都是可以經由踐履工夫做到「人而神」的地步！第二，外在的人格神之信仰既否定，而神與天國亦不外在於吾之主體心性，而為吾主體心性在客觀踐履活動中所證成之屬性與境界，則求得此種屬性與境界（神與天國）之不二法門唯是回歸主體之實踐。主體云何，即吾人之道德心性是。蓋吾人之道德心性即是踐履工夫之所本，而充「量」盡「質」以至乎其極，則有以變化氣質，超凡入聖而為大人。大人云何，易乾文言曰：「夫大人者與天地合其德，與日月合其明，與四時合其序，與鬼神合其吉凶，先天而天弗違，後天而舉天時」，此時天人合一，聖人並天地而參。及其聖功神化之不可知，則「人」而至於「神」矣！

復次，西方的宗教神學因其缺少一心性之學，故踐履工夫之活動亦完全不能產生。如此，則其宗教唯是憑藉一激情之「信仰」而虛托的掛搭於上帝之概念以求得其精神之不衡與生命之安頓。抑基督教之只重「信仰」而不重「理論」與「實踐」，此實為其宗教之特色，唯此寡頭而虛托的「信仰」顯然毫無依持。雖然「信即得救」此實為一「方便法門」，可以普遍的接引世人（佛教「念佛往生」之淨土法門類之），唯基督教以此為「不二法門」，則似乎未見其妥。何則，蓋「上帝」既為萬物之所歸宗，理應「方便有多門」，「殊途而同歸」。今以「信即得救」（不信必不得救）為「不二法門」，則上帝之門（或天國之門）固如是其狹乎？凡此諸問題皆緣於其宗教缺少一心性之學以開出全幅踐履工夫之活動，故乃成如此之偏執，為是吾人將再三強調西方的宗教（基督教）必須圓滿的建立一心性之學，從而開出吾人全幅道德踐履之工夫活動，而由人道德踐履之工夫活動之圓成入化，即可以「備天地之美，稱神明之容」。是故基督教當務之急難在即時「返本復始」（調適本身內在之生命即是開啟未來無窮之前途）。若復因襲泛濫，毫無自覺（因襲謂其教義極端保守；泛濫謂其宣傳不擇手段），則務外遺內，往而不返，其末流所至有未堪設想者矣！

本文寫到此處，能事已畢。雖不敢謂義理盡在於此，然而反求諸己有頗能自信者二。云何為二？㈠作者本文之寫作態度（方法含在其中）是客觀的：所謂客觀的即不帶任何主觀之色彩（亦無任何先入為主之成見），而唯是如實相應，就地還價（諺曰：「漫天討價，就地還價」，所謂就地還價即是如實而相應的還他一個真價之謂）。㈡作者本文之寫作目的（動機含在其中）是積極的：所謂積極的即遮撥的意義少，而成就的意義多。雖然，本文幾乎在凡所涉及的觀念上皆認的指出西方宗教神學之不足與荒謬，然而與其說目的在指出彼等之不足與差謬，無寧說目的在指出彼等如何能免於此種不足與差謬，而庶幾乎圓滿成就其自己。以上兩點是作者所僅能自信的，也是作者戒慎恐懼而必須要聲明的！

禮的宗教觀

台灣《華僑教育》一卷五期

一、前言

宗教不是「迷信」而是「信仰」。以宗教為迷信，這是十九、二十世紀以來「淺薄的理智主義」者的態度。我們知道凡屬理智主義皆或多或少具有懷疑論的成分與虛無主義的傾向。而這種精神往往是消極的負面的否定的，它既不能正面地來認識一個問題，亦不能積極地去肯定一個東西。而終於浮薄游離，四無著落，恍惚人生，漆黑一團。至於宗教的精神則迴異於此，它正要給我們人生一個正面的信仰（必不懷疑）與積極的肯定（必不虛無）。所以在宗教面前，我們的心靈是充實而有寄託的，我們的人生是潤澤而有安頓的。我們必須通過「信仰」來認取「宗教」，才能把握宗教的「本質」，而於是乎發現它在我們人生上的意義與價值（以宗教為迷信殊屬淺陋，因為迷信只是宗教的「假相」，而非宗教的「自性」）。

近世紀以來，西方人在一種普遍的民族優越感的心理之下，常常說我們中國是沒有宗教的民族，一如說我們中國是沒有音樂的民族一樣。而近幾十年來的中國知識分子也在一種難以使人設想的心理之下，常常引證西方人這類「似是而非」的話，來批評自己的歷史文化。當然，這種情形是否生心害政，我們不敢斷言。但是，這種「似是而非」的論調卻是不得不辨的，也是不能不闢的，孟子曰：「予豈好辯哉，予不得已也」，正是這個意思。

或者有人要懷疑，中國人除了先民的自然庶物的崇拜以外，難道真有所謂「宗教」嗎？是的，中國人自有中國人的宗教，只不過中國人的宗教既不講外在的「上帝」與「天堂」，也不講緣起的「輪迴」與「涅槃」，而是由堯舜三代文武周公以來，孔孟所完成的聖賢之教，所傳的是聖賢之道（仁），所習的是聖賢之學（禮）。中國人傳統的對宇宙人生的看法是「有物有則」，而「民之秉彝，好是懿德」，所以在中國人的眼裡，宇宙人生是一片生機與一團和氣（既不是「罪」，也不是「苦」），而其人生的理想亦唯是正面積極的樂觀實踐（中國人自古只有隱遁山林的意識，絕沒有出世解脫的要求；只有成仁取義的自盡，絕沒有西方或日本式的自殺）。中國人聖賢之教的人生理想不在於上「天堂」或入「涅槃」，而在於格物致知誠意正心齊家治國平天下（條理人倫，繁榮人間），所以中國人聖賢之教的人生目的也不是為了贖罪或修福德，而是「在明明德，在親民，在止於至善」（建立一份現實的道德人格——完成一個人）。

上面說過：中國人的宗教就是聖賢之教。聖賢之教具體一點說就是「儒教」，而內容一點說就是「禮教」。本文即尅就儒者之「禮」以綜論中國之宗教。

二、禮與天

一切宗教似乎都有一個「神」（例如基督教的上帝，回教徒的阿拉），而一切宗教之所以不被世人諒解，似乎也就因為它有一個神。在近代泛科學主義的觀念下「神」，既是「偶像」，於是「宗教」便只好是「迷信」，而無神的佛教（佛教徒常自稱是無神論，釋迦牟尼也只是一個由實證而成了正果的佛），在這種情形之下，便現出「唯我獨尊」的樣子，常得意的自誇道：世間一切宗教沒有一個不怕科學的，只有佛教不怕科學（因為佛教無），而且科學愈進步愈能與其教義相發明（佛教「因緣和合」一義在某一方面頗能與科學的因果觀念相湊泊）。其實有神無神都不關緊要，緊要的是我們必須深切的體認宗教中「神」一觀念之真實意義是什麼，於是我們發現「神」絕不是「偶像」的意思，以神為偶像和以宗教為迷信是一樣的錯誤。「神」只是一個形而上的「精神實體」，而宗教精神也只是一種「超越的皈依」精神。人類文化在最初的自覺理性活動中，即一方面感覺主觀之「有限」，而一方面要求對宇宙「無限」的絕對信託與皈依，這種人類自我超越的皈依精神，實在即是宗教活動的內在理由，同時也就是宗教活動的絕對本質所以宗教精神即是一種自我超越的皈依精神（皈向永恆與絕對），而人類的「價值」在宗教活動中也得以充分的實現。我們既知道超越和皈依的精神是宗教活動本質的極重要一面，那麼我們可以回頭看看中國儒者之言「禮」是否亦具此面。

中國傳統的有「法天」一觀念，要人類的一切活動效法天道，而為「天地之肖子」。然而天如何「法」如何「肖」？根據儒者之說只有行「禮」而合「禮」。禮記樂記篇曰：「禮者天地之序」，又曰：「大禮與天地同節」。「禮」本身既是天地的秩序與節奏，所以禮即是天地的精神，而人苟能一日克己復禮，便能「負天地之情，達明之，而降與上下之神，而凝是精粗之體」（同上），所以論語：「顏淵問仁，子曰克己復禮為仁」。「克己復禮為仁」這句話本身即表示一自我的超越與皈依的精神，只不過這裡的「皈依」不是外在的而是內在的。孟子曰：「反身而誠樂莫大焉」，正是這種境界。又儒者之「仁」亦是一形而上的「精神實體」，而「禮」之活動即在引發人類的精對之（仁）作超越的皈依，以求充分實現其內在自身之價值，而達到一種「與天地合其德，與日月合其明，與四時合其序，與鬼神合其吉凶」的境界。在這一點上「禮」的活動與其他宗教的活動，其意義與作用是絕對一致的。其次禮記郊特牲曰：「萬物本乎天，人本乎祖」，而「祖宗配天」一觀念在殷時蓋已產生。以「祖宗」配「天」，這在中國宗教的發展史上實有其絕對性的重大意義，因為中國宗教（禮教）之所以具有濃厚的倫理色彩，實由此一觀念而確立。基督教的皈依，其方法是默念祈禱，佛教徒的皈依，其方法是修止觀，至於儒者之「禮」，其「超越的皈依」方法，在古時特重「祭祀」一義。「祭」即「禮」，所謂「祭禮」。在祭祀中吾人之精神與生命可以直接上下與天地鬼神相感通，而引生一「絕對」與「永恆」的無限之感。孔子曾說：「鬼神之為德其盛矣乎」，而這種「盛德」只有在「祭祀」中我們的精神生命才能夠與之相接觸而感通，所以「我不與祭如不祭」，而「祭祀」一義在古時之儒者實極重視（儒者之祭祀一如基督徒之祈禱，捨之則無以與天地鬼神相感通，而亦無以求精神之超越與皈依矣）。又左傳上面說：「國之大事在祀與戎」，這和近西方人雖在原子時代日競於科學民主，然而其宗教生活不稍偏廢者意義正同。

普通宗教之另一作用在於涵吾人「人生」之全幅歷程，使其人生中之任何一點皆在宗教精神之貫注中而得其安頓。西方人出生時有牧師為之施洗，結婚時有牧師為之證婚，死亡時有牧師為之祈禱與祝福，此即表示宗教之另一作用在於護吾人「人生」之全幅歷程，使其人生中之任何一點皆在其精神之貫注中而得其安頓。然而儒者之言「禮」何獨不然？日用之間，婚喪喜慶，既各有其禮，而宗廟、郊、朝廷、鄉飲之間，也莫不有其「禮儀」。由此觀之，則「禮」又不單涵護吾人個人人生中之任何一點，且使吾人整個社會人生中之任何一面亦莫不在其精神之貫注中而得其潤澤與安頓。

三、禮與人

一切的宗教除「神」一觀念外，還有一「善」的價值觀念，禮教也是一樣。前者（神）是超越精神，表現在「禮」對於「天」的活動中；後者（善）為主體精神，表現在「禮」對於「人」的活動中。普遍世間的宗教，先天的皆具有一「善」的價值觀念，而形成一種勸善懲惡的教義。基督教的博愛，教世人要根據上帝的愛去愛別人。凡屬於愛的皈於上帝，凡屬於罪的皈於撒旦。佛教的慈悲，「悲」是消極的「拔苦」，「慈」是積極的「與樂」，而於是乎教人廣結善緣，多種善因。凡結惡緣種惡因，輕則墮輪迴，重則下地獄。至於中國儒者之「禮」，亦表示一「善」的價值觀念。禮記樂記篇曰：「禮也者理之不可易者也」。所以「禮」即「理」，禮之本身即是一種道德判斷的價值標準，然不同的是，禮之根據既不是外在的「上帝」，亦不是外在的「因緣」，而是在於吾人內在的道德主體的心靈。禮之實踐即是道德之實踐，論語顏淵問仁，至請問其目，子曰：「非禮勿視，非禮勿聽，非禮勿言，非禮勿動」。孔子所說的「克己復禮」即是孟子的「踐形盡性」，也就是未明儒者所說的「存天理，去人欲」，凡此皆所以表示一自我超拔的道德人格的實踐與創造，同時也就是表示一主體精神的絕對「善」的完成。完成一個「善」即成就了一個「仁」。又儒者之言「善」純為自我價值之創造與實現，此與一般宗教之以因果功利言之者，亦迴然異趣。大學八條目整個是一「禮」的活動過程，同時也就是一道德實踐與價值創造的過程。中國人言「禮」在實現「善」的價值，其理想與目的則在條理人倫，繁榮人間，而倫理的意義特重，禍福的觀念絕少。此其所以為人文的宗教！

普通宗教言「善」，既只是狹義的禍福功利，所以其內容不豐，作用有限，而只具消極一面的意義。中國儒者之「禮」扣緊主體精神而言「善」，所以更有積極性，而在人文世界中能有所創造，至於其具體的成就則有二：一為道德政治。二為人倫教化——即儒者之「禮」表現於社會，便成就了社會上的人倫教化（此兩義因限於篇幅不能詳論，然在下節「禮與法」中可一窺其端倪）。

四、禮與法

一切的宗教除了「神」與「善」兩觀念外，還有一客觀精神的「戒（律）」觀念。基督教自摩西的「十戒」一直到中世紀修道院中的「清規」，以及印度佛教浩浩三藏（經、論、律）中的「律」，皆表示此一精神。「戒律」在教中只是一種強制性的教條，必須遵守。所以它表現客觀精神，而為實踐行者所藉以自持勿失之道。宗教中的「戒律」與社會的「規約」，政治的「法律」，在作用上並無絕對的差異，特宗教的戒律只對教內之信徒有強制的作用，故意義較狹而外延不廣。至於儒者之「禮」雖亦表示一客觀精神，有強制性（做聖賢工夫的人不可須臾亡禮），然「禮」之外延極綜合廣大，實涵蓋整個人文世，界遍一切處而無不包。「禮」在聖賢之教內即是一種「戒律」，舉凡日用之間，無論視聽言動都須發而中節，而違「禮」即是犯「戒」，鬼神必能覺察。所以儒者之實踐，戒慎恐懼；而其「慎獨」工夫與基督教之「清修」，佛教徒之「歸寂」，在意義上也是初無二致的。其次「禮」在社會上即是社會的規約，所謂「鄉禮」。普遍化而為社會的「禮俗」，便是「王道」之化行。禮記儒行篇有言：「禮之以和為貴，忠信為美，優游之法，慕賢而容眾，毀方而瓦合，其寬裕有如此者」。古時又有「鄉飲」之禮，所以別長幼之序。「禮」之作用即在於化民成俗，鄉里之間和睦、忠信、慕賢、容眾，所謂「敦厚以崇禮」，故孔子曰：「吾觀於鄉而知王道之易易也」。又儒者之「禮」在政治上即是法律，古時政教合一，禮法不二，自天子諸侯以至大夫士庶，一是皆以「禮」為「法」，而違「禮」即是犯「法」。例如在法上謫長子嗣位，別子繼立便是非「禮」，同時也就是不「法」；在政治上諸侯朝貢，不朝覲頁獻便是非「禮」，同時也就是不「法」；在軍事上征伐自天子出，不自天子出便是非「禮」，同時也就是不「法」；在經濟上是井田，而「初稅畝非禮也」（左傳宣公十五年），非「禮」同時也就是不「法」。由此我們可以發現儒者之「禮」，其內容外延實廣大精深，鋪天蓋地，網羅整個人生界，而於其中之任何一面皆無不潤澤安頓，調適而上遂。

五、結論

以上是尅就儒者之「禮」以綜論中國之宗教。並由其他宗教之內容從旁比論證出。然雖如此，是否中國儒者之「禮」在觀念與實質上即能被吾人肯定為「宗教」，此則為另一問題。欲處理此問題，則「宗教」一辭不能無辨。普通所謂「宗教」其意義頗含混不清，其實「宗教」一辭，宗是宗，教是教，而有宗有教，有體有用。「宗」是超越的皈依，也就是宗主的意思；「教」是現實的教訓，也就是理論的意思。宗是教之體，教是宗之用，而宗教本身實在是一個大體用。如果就這一點來看，中國儒者之「禮」根本就是「宗教」（「仁」即是其宗，十三經即是其教）。中國人讀書其目的在學「禮」，學禮其目的在成「人」（「人」即是成「仁」，也就是成「道」）。此即是由「教」而「宗」，而「禮」之為「宗教」明矣。其次如果就宗教的活動過程來看，「禮」也是一樣。佛法以「信、解、行、證」為全幅宗教活動之過程。由「信」而「解」，由「解」而「行」，由「行」而「證」。「信」是信仰它的宗主；「解」是理解它的教義；行是修行；證是證果。普通宗教的活動過程雖不必都如佛教的完整圓滿，但一切宗教以「信」為首，這卻是絕對的普遍（「信仰」是宗教的普遍「本質」）。基督教的「信仰」，佛教的「發心」，以及儒者的「立志」，其意義是相當的。此外儒者「博學、審問、慎思、明辨」的工夫即相當於佛氏之「解」，而儒者之「篤行」即相當於佛氏之「行」，儒者之「止於至善」即相當於佛氏之「證」。而於是乎我們復發現儒者之「禮」實具備一完整而圓滿的宗教活動過程。

「克羅齊文學論的批判」之商榷

李辰冬先生著《文學新論》的一點討論

（《香港人生》一六一期）

此文為兩年前舊作，寫成後一直未發表。最近因偶讀《香港人生》第一五八期，見歸人先生所作《陶淵明評論》（李辰冬先生近著）一書之介紹文字，以及港台報刊如《自由人》、《自由中國》、《民主評論》等皆連續刊有關於李先生著作言論之討論文章，爰檢出舊作「克羅齊文學論的批判」之商榷一文，送《香港人生》雜誌發表，以為愛讀李先生書者之一助。

作者識於台灣花蓮

民國四十六年六月十二日

一、前言

近年來，自由中國的文壇有兩種極顯著的現象值得我們作深切的體察與反省。首先我們必須發現台灣文壇近年似乎頗呈一番興旺氣象，無論報刊雜誌或單行書冊，真是如「雨後春筍」，有「汗牛充棟」之勢。然而這是一個廣度的「量」的觀點，如果我們只執著在這點上「自我陶醉」，則未免可憐，也實在可怕。我們必須由深度的「質」的觀點來建立我們對文學的觀念，從而啟發我們的理想，實踐我們的創造。因為必如此才能夠開拓變化，超拔層次，而轉進境界。亦必如此才能夠坦蕩蕩而產生清新、真實、偉大的作品。否則永遠只是熱烘烘的一團，永遠只是庸俗、虛假與卑陋。其次我們必須指出台灣文壇的第二現象，是不成熟的文學創作太多，而嚴格的文學理論批評太少，這實在也是互為緣起的，沒有可觀的作品，便不易有積極的理論；沒有積極的理論，便也就不易有成熟的作品。因為文學批評（理論）的責任，原不單是消極的批評文學，而更積極的在於能夠成就文學。基於這種認識，我們以為四十三年六月李先生出版的《文學新論》實在是一部應時而生的建設性的文學批評理論，他不單批評了文學，更積極的指出了文學的實踐（《文學新論》建言：文學以「意識」為主。而所謂「意識」是「理想」透過「實踐」所激出的「情感」）。這在近年自由中國的文壇上可說是極可喜的一步邁進，假使自由中國文人的墮性尚未「薰習成種」（佛家語）的話，我認為這實在是一個文壇生命超拔的轉機。否則的話，長此以往，則下流之赴有未堪設想者矣。

　　李先生的書自從出版以後，在自由中國的文壇真是風動一時，讀李先生書的人固然很多，對李先生書作批評介紹的文章也所在多見。然而我感覺這些文章正面的話說得太多，負面的話簡直沒有。雖然李先生的書大體上理論是「圓滿自足」的，但總不是「無懈可擊」的（借用虞君質先生語）。如果我們讀李先生書而不能在這等地方自覺的把握一下（讀書貴能得間），則態度便不算完全客觀。唯一能客觀的批評李先生書的文章，是虞君質先生在四十三年十一月二十日《新生報》副刊所發表的「文學新論的寫作態度」一文，但虞先生的文章只是提綱挈領和輕描淡寫的說一說。我卻又曾在台大「美學原理」的旁聽席上，聽見虞先生批評李先生的書說：「《文學新論》全書寫得都很好，只是批評克羅齊的美學一章不行」，當時我並不完全懂得這句話，後來讀李先生書（李先生是我的「文學批評」教授，《文學新論》便是我們的教材），才大大的驚奇，為什麼天下讀李先生書的人在這等「緊要」處而不能有「見」。於是我決定努力寫一篇文章，想把我私心所以為然者，坦白地貢獻給天下愛讀李先生書的人，並以此懇請李先生能有以指正。

二、「克羅齊文學論的批評」之商榷

克羅齊的《美學原理》開宗明義有段話：

「知識有兩種形式，不是直覺的，就是邏輯的，不是從想像得來的，就是從理智得來的；不是關於個人的，就是關於共同的；不是關於諸個別事物的，就是關於它們中間關係的；總之，知識所產生的不是意象，就是概念。」

克羅齊這一段話，我感覺他寫得非常清楚分明，這和老子的《道德經》首章開宗明義所說：「道可道，非常道。名可名，非常名」在起筆上是一致的。《道德經》首先批判開來兩個世界，一個是可道可名世界，一個是不可道不可名世界，而表示其層次境界是在不可道不可名的世界說「法」。如果我們不能同其情而相應於其層次境界來了解他，便不能理解而生笑話。克羅齊這段話也是首先區別開知識有兩種形式：「不是直覺的，就是邏輯的；不是從想像得來的，就是從理智得來的……」，所以知識所產生的「不是意象，就是概念」。而表示「美」是由直覺想象所產生的「意象」，直覺想象是「美」的方法，「意象」是美的內容，「美」的世界就是「意象」的世界。而邏輯理智所產生的「概念」，概念是科學世界的事，不是美的世界的內容。邏輯理智是科學的方法，概念是科學的內容，「科學」的世界就是「概念」的世界。這段話本來很清楚，而且極正確，然而李先生認為在「這一段話裡值得我們注意的有三點」，大意是，第一點：李先生認為「他的學說不是從實際的人生出發」而「把它當成無機的平面的靜態的知識來看，結果他把知識同人生分開，他所研究的是脫離了人生的知識，所以產生這種機械觀」。第二點：李先生認為分析方法如果與動態的人生脫節，就要自相矛盾。第三點：李先生認為「人生是整體的，牽一髮而動全身，如果你把它當成死的知識來看，儘管分析得很精細，而事實上架了空」。這三點其實只一點，即第一點中所表示的認為克氏之說與人生脫節，而於是乎指其為平面的靜態的架空的機械觀。實則這些名辭全不相應，因為克氏之說扣緊直覺想象之「意象」而言「美」，故為具體者；且力排邏輯理智之概念，故為非抽象者。人生是具體的，美是具體而虛靈的。對具體而虛靈的美，苟作邏輯理智之概念推理（抽象的），即李先生所說之弊病必然出現無疑，然此顯非克氏之態度（其強調直覺、想象、個別事物、意象皆為具體的，可證）。故李先生所言三點實與克氏之說毫無干涉，且未免冤枉了克氏。在這裡我有點感想：我覺得一個人讀書做學問，就某一個觀點來說，不一定要有所「得」，有所得便有所「執」，有所執便有所「住」，這樣便不能夠「無所住而生其心」，此佛法所以必「轉識成智」，因為「情識」是不「清淨」的！一個人如果胸中義理充實，自然「沛然莫之能禦」，而往往不能客觀。我想李先生也許就是在這種情形之下沒有能夠真切的了解克羅齊罷！

關於克羅齊的美學，李先生除了上面的一段話以外，在他的《文學新論》第十章「克羅齊文學論的批判」裡，還有幾個所謂「最重要的問題」的「檢討」，我想就這幾個問題也和李先生討論一下：

㈠關於「表現」與「傳達」的問題

克羅齊說：「審美的事實在諸印象的表現底工夫之中就已完成。我們在心中作成文字，明確的構思一個圖形或雕刻，或者找到一個樂調，這時候表現就已產生而且完成了，此外並不需要什麼。如果在此之後，我們要開口——起意要開口說話，或提起喉嗓歌唱，就是用口頭上底文字和聽得到底音調把我們已經向我們自己說過或唱過底東西發表出來……這都是後來的附加，另一種事實，比起前面的活動來，遵照另一套不同的規律。這另一種事實與我們暫時無關，雖然我們將來要承認這第二階段所造作底是事實，它是一種實用底事實，意思的事實。內在底藝術作品與外現象藝術作品通常被人分開，這名稱在我們看是不恰當底，因為藝術作品（審美的作品）都是『內在的』，所謂『外觀的』已不復是藝術作品。」

朱光潛翻譯克羅齊的《美學原理》對這段話有注釋：

「這段在克羅齊的美學中很重要，他把『表現』和『傳達』分開，前者是藝術的活動，後者是實用的活動。『傳達』他叫著『外現』，即一般人所謂『表現』；他所謂『表現』完全在心裡完成，即一般人所謂『腹稿』，胸有成竹，竹已表現，把這已表現好的竹寫在紙上，這是『傳達』或『外現』，是實用底不是藝術底活動，它有『給別人看』或『備自己後來看』那一實用底目的。」

李先生對這段所謂「似是而非」的話「作一分析」，有三點意見，我現在就這三點意見的內容，再分幾點討論如次：

㈠李先生認為：「將表現與傳達分開，這是錯誤的，依照文藝創作的心理活動，「表現」與「傳達」是無法分開的。作品在未傳達之前，當然是胸有成竹，然這成竹是黯淡的、不清楚的，即至用具傳達後纔變成明顯的、清楚的。……所以作品在未傳達以前，只能稱之為靈感和腹稿，而不是藝術作品。」（文學新論一一九頁）

淮謹案：克羅齊美學之中心命題是「直覺即表現」（完成直覺即完成表現），此時大緊要處。我以為克氏在這裡很可以夫子一歎：「知我者其唯此言乎，罪我者其唯此言乎？」蓋吾人苟對克氏此一命題不能了解同情，即鮮矣其不誤解克氏之說。然欲理解此一命題，則「表現」與「傳達」之問題，不能無辨。關於此點克氏之說固自清楚分明，而朱光潛注釋一段猶盡疏釋能事。然李先生不以此說為然，揆其所以，蓋以為藝術活動不傳達前是黯淡不清楚的，傳達後纔明顯清楚，故前者只是靈感腹稿，後者繩為藝術作品。此說蓋以隱顯判藝術，其於藝術活動之「自性」無涉，明矣。何則，蓋藝術之為藝術，固不以隱顯而判之也。

㈡李先生認為：「作家與讀者就由這藝術品來溝通，如果作品根本沒有傳達出來，怎麼使雙方溝通呢？」（文學新論一一九頁），又說：「作者用適當的工作把它的意識表現出來，讀者透過這工具而欣賞到作者的意識，於是作者與讀者之間起了共鳴，欣賞的活動才算完成；否則，作者儘管有了藝術的活動，然他不表現，或無適當的工具把它表現出來，讀者就無法與作者的藝術活動起共鳴，那末藝術活動只算完成了一半。」（文學新論一二〇頁）

淮謹案：由上面所引的兩段話看來，似乎李先生認為藝術品是能夠溝通作用與讀者雙方而起共鳴的，溝通而起共鳴，「欣賞活動」才算完成，否則「藝術活動」只算完成一半。此說顯係以實用觀點判藝術，與藝術活動之「自性」（藝術活動本身之完成）亦必無涉。且謂溝通共鳴而後「欣賞活動」完成可謂不溝通共鳴「藝術活動」只算完成一半則不可；否則必現「欣賞活動」為「藝術活動」全幅完成之一「必要步驟」，其實這「實用」的「目的」，與「藝術活動」本身之完成不可混為一談（至於「傳達」與「欣賞」活動如何肯定，則為另一問題）。蓋李先生意識中的「藝術活動」之「完成」，實兼「欣賞活動」而有之（不但要「傳達」出來，而且要被人「欣賞」，產生「共鳴」），故所謂「完成」實為經由「傳達」與「欣賞」之外在義之「完成」，故曰：「實用目的正是完成藝術活動之必要步驟」。然克羅齊意識中的「藝術活動」之「完成」，不含「欣賞活動」（亦無「傳達」活動）之成分，而為經由「直覺綜合」之內在義的「完成」，故曰：「審美的事實在諸印象的表現底工夫之中就已完成」。此兩說我以為並無本質上的絕對差異，特在對「藝術」一義之肯定之觀念上有層次與程度不同。克羅齊所肯定的「藝術」為極內在義之「純粹美學」，亦可稱之為第一義之藝術。李先生所謂之「藝術」則是包含「藝術」部分之「實用美學」，亦可稱之為第二義之藝術。說穿了還是兩句老話：一個是「為藝術而藝術」的藝術，一個是「為人生而藝術」的藝術。我想這裡面的是非應該不再是我所要討論的了。

其次，關於李先生所說沒有「傳達工具」作者與讀者雙方怎能「溝通」而起「共鳴」一點，我認為「傳達工具」對於作者與讀者雙方的溝通與共鳴亦非「必要條件」，因為假使我們熟悉於莊子大宗師篇中所敘述的「莫逆之交」的境界（註），我們便能夠相信「傳達工具」對於作者與讀者的溝通與共鳴實非「必要條件」（俗語「心照不宣」一義亦足使吾人深省），而於是乎吾人可接觸到中國儒者所極言的「無聲之樂」的境界（老子「大音希聲」「大象無形」亦是此一境界），苟吾人真能對「無聲之樂」的境界有體認矣，則克羅齊的「純粹美學」雖系統精博，亦可以不言而喻。

註：莊子大宗師篇曰：「子桑戶，孟子反，子琴張，三人相與友。曰：孰能相與無相與，相為於無相為，孰能登天遊霧，撓挑無極，相忘以生，無所終窮，三人相視而笑，莫逆於心，遂相與友。」

案：「無聲之樂」的境界，就是「相與於無相與，相為於無相為」的境界，也就是克羅齊「純粹美學」（不需要「傳達工具」）的境界。

㈢李先生認為「思維與表現工具（包括語言文字色彩樂調等）是一致。」作家是用表現工具來思維的。沒有表現的工具，絕對不會思維。……一位作家，一位美術家或一位音樂家，是先有了表現的文字、圖形或樂調才能構思，才能表現（依克羅齊的用法），不然他們就無法構思，無法表現，換言之，「諸印象的表現底工夫」就無法完成。（文學新論一二〇頁）

淮謹案：首先我想指出這裡的所謂「表現工夫」，其實是「表現材料」（語言、文字、色彩、樂調），而非「傳達工具」（詩、圖畫、樂曲）。克羅齊只是揚棄「傳達工具」，何嘗反對「表現材料」，苟人而於語言文字色彩聲音一無所知，則其人必是一白癡無疑，白癡之人飲食且不能自覺，遑論藝術？既知「表現材料」與「傳達工具」不可混為一談，則問題便十分清楚。李先生於此不辨，遂以為克羅齊之揚棄「傳達工具」即是反對「表現材料」，而於是乎指其「諸印象的表現底工夫」便無法完成，其實這是一觀念的混淆與糾結之誤會。又吾人於此可見一藝術活動之完成有三部分：一為客觀的表現材料：此是「諸印象的表現底工夫」所以能形成的客觀憑藉。二為內在的直覺綜合：此是藝術活動本身之完成。三為外現的傳達工具：此是藝術活動的附加作用。若依克羅齊的系統，我們可以說：藝術的「表現材料」是必要的。藝術的「直覺綜合」（完成）是絕對的。而藝術的「傳達工具」是相對的與不「必」要的。

㊃李先生認為：「內在的藝術作品與外現的藝術作品是一致的。他（案：指克羅齊）說外現的已不復是藝術作品，這句話是講不通的。」（文學新論一二〇頁）

淮謹案：此處所謂「內在藝術作品與外現的藝術作品是一致的」，就克維齊說亦不能承認。克氏以內在的藝術之本身，而以外現的藝術為實用的附加的事實。言其實用附加者，所以喻其非藝術之「本身」與「自性」也。譬如風景與風景照片，前者是藝術本身，後者非藝術本身而為實用附加。然雖如此，二者之間固不必矛盾，亦必無妨其一致性。然雖無妨其一致性，而外現的終不復是藝術本身。又克氏說「外現的已不復是藝術作品」，這話也只是就第一義的「純粹美學」說，苟就第二義言，則克氏亦未必不能承認之。（詳下節）

㈡關於道德宗教思想教育與藝術的關係

克羅齊說：「我覺得『選擇』『興趣』『道德』『教育目的』『得大眾歡迎』之類概念也有幾分道理，雖然拿它們勉強加諸就其為藝術而言的藝術，它們就沒有道理，我們已把它們從純粹底美學中排去了。錯誤常常有幾分真理。人們發生那些錯誤的美學議論，原著限於實用底事實，這些是外加到審美的事實上面去，實屬於經濟的或道德底生活範圍。」

淮謹案：李先生對這一段話，認為是克羅齊的美學由「機械觀」出發，到這裡遇到一個「極大的困難」，也就是「他的學說的弱點整個暴露了」。然而我從來並不認為克羅齊的美學是「機械觀」，到這裡我也並看不出「他的學說的弱點整個暴露了」的現象。須知克羅齊所謂：「我覺得選擇、興趣、道德、教育目的、得大眾歡迎之類概念也有幾分道理」，此實是隨順俗諦之「方便」說法，而予第二義的藝術（為人生而藝術的藝術）以相當地位之承認（前節關於「表現」與「傳達」之問題中，克氏曾說「雖然我們將來要承認這第二階所造作的是事實，它是一種實用的事實（案：即興趣、道德、教育目的、得大眾歡迎），意志的事實（案：即意志選擇）」，與此處所謂也有幾分道理，實是一貫的）。雖然如此，克氏本人之「究竟」肯定終是「直覺即表現」之第一義的藝術（為藝術而藝術的藝術），故曰：「拿它們勉強加諸就其為藝術而言的藝術，它們就沒有道理，我們已把它們從純粹底美學中排去了」。克氏就第一義的藝術言，只承認「究竟」；就第二義的藝術言，亦承認「方便」。此正是守「經」達「變」，並無矛盾可言。李先生以為克氏對選擇、興趣、道德、教育目的、得大眾歡迎等概念，既「非」且「是」，是自相矛盾，其實未然。

其次，李先生為了指出這種「自相矛盾」之原因所在，會以一張桌子為例，大意說明甲乙丙三人因角度立場不同，見解亦異，苟不移動位置，則終生不明。若偶換一位置，則成見動搖。並認為克羅齊「錯誤常常有幾分真理」的話，就是在成見動搖而又不肯拋棄的心理產生的。這個譬喻看來很好，然而在這裡似乎不怎麼恰當，因為此處原只有一深度的「層次問題」，根本不是廣度的「角度問題」。

㈢關於風格的問題

克羅齊說：「風格一詞也有同樣的曖昧。有時據說每一個作者必須有風格，這裡風格即意指表現的形式。有時又據說一部法典或一部數學著作的形式沒有風格，這又是犯了承認表現有各種形態的錯誤，以為表現有雕飾的，有赤裸的；其實風格既是形式，法典與數學著作，嚴格的說，也必各有風格。有時我們聽到批評家責備人『有過分的風格』或『照一種風格寫作』，這種風格顯然不指形式，或某種形態的形式，而是不正當的冒充的表現，一種不藝術的形式。」

淮謹案：李先生對於這段話的意見認為「風格的形成與意識的形成完全一樣，也是由於天資血統教育友朋環境思想宗教等因素所組成」，又說「在人謂之風度，在作品謂之風格」，這話是極正確平實而近乎常識的。且中國人傳統的對「風格」一詞的識識也是如此，即：一個人或作品表現於外在的風範與品格謂之「風格」，我個人的意見也是贊成此說。然而我以為克羅齊所謂「風格」即「形式」也自有他的說法。本來李先生與克羅齊之說，並無絕對的「是非」問題存在，而只是一個相對的「同異」問題。蓋克羅齊所謂「風格」即「形式」，此「形式」即西方傳統哲學中亞里斯多德之形式Form

（亦猶柏拉圖之理型 idea），皆所以表示一物之「本質」，亦即一物之所以能其為一物之「形成之理」。是故克氏所謂「風格」即「形式」一語，實即「風格」即「本質」之義，既知其所謂「本質」，亦即一物之所以能成為一物之「形成之理」。是故克氏所謂「風格」即「形式」一語，實即「風格」即「本質」之義，既知其所謂「風格」即「本質」義，則法典與數學著作，嚴格的說，也必各有「風格」的話，也就明白易曉了。又克氏所以會如此說（以「本質」規定「風格」），實與其全部「純粹美學」的思想系統是一致的，也就是說「風格」即「形式」（風格即作品表現之內在本質）與「直覺即表現」（完成直覺即完成表現）在精神上是一致的，都是一種收歸「內在」而極言其事的說法。雖然，這種說法常常是驚世駭俗而容易引起誤會的。順著「風格」即「形式」的說法：

> 克羅齊說：「風格即人格說只有兩種可能：一是完全空洞底，如果它意指風格即具風格方面的人格，故只指表現的活動那方面的人格。一是錯誤的，如果要想從某人所見到而表現出來的作品推出他做了什麼，起了什麼意志，這是肯定知識與意志之中有邏輯的關係。在藝術家們的傳記中，許多傳記都起於風格即人格一錯誤的等式。一個人在作品中表現了高尚的感覺，在實際中卻不是一個高尚的人，或是一個

戲劇家在劇本中寫的全是殺人行兇，自己在實際生活中卻沒有作一點殺人行兇之事；這好像都不可能。藝術家們徒然抗議道：『我的書雖淫，我的生活卻正經。』他們反而受欺騙和虛偽的罪名。」

淮謹案：李先生對這段話認為「克羅齊是誤認風格與人格的不一致」，而李先生自己認為二者之間是絕對一致的，所謂「即令雙重人格的作家如陸機、潘岳、謝靈運，他們的風格也與他們的人格是一致的」。這裡我認為又是一個誤會，因為我們既知道克羅齊所謂的「風格」即是指「作品表現之內在本質」，則克氏反對「風格」即「人格」之說，實即以「作品表現之內在本質」非即「作者本身之人格」，且其反對「風格」即「人格」之理由；一為二者之間無邏輯的必然關係。二為二者之間非錯誤的數學等式。雖然如此，固不必即妨礙二者之間之一致性，所謂「即令雙重人格的作家……他們的風格也與他們的人格是一致的」，這與「我的書雖淫，我的生活卻正經」是一個意思，克羅齊又何嘗反對了。

㈣關於藝術尋求目的的問題

克羅齊說：「就藝術之為藝術而言，尋求藝術的目的是可笑的。再者，定一個目的就是選擇，藝術的內容須經選擇說所犯錯誤正同……表現是自然的流露……在事實上，真正的藝術家發現自己的孕育作品主旨，怎樣經過他不知道。他覺得生產的時刻快到了，但是不能起意志要這樣或要那樣。如果他故意要違反靈感去作，要加一個勉強的選擇，如果他生來是阿納克勒昂，卻要歌唱亞屈魯士和阿爾豈第司的故事，他的豎琴就會提醒他的錯誤。」

淮謹案：李先生對這段話認為「作家不知道他的作品主旨怎樣經過，這很可能，但寫作時不起意志作用，那就失掉了寫作的意義。倘若一位作者失掉寫作的意義，就根本不會產生作品。即令產生也是無病呻吟，毫無價值。如此講來，尋求藝術的目的並不見得可笑。適切相反，如果不了解藝術的目的，則根本無法與作者起共鳴，也就無法欣賞或了解藝術。」我認為這裡討論的「藝術的目的」問題，實由「藝術的完成」問題而來，彼此對前一問題的肯定既不同，則此處亦自難求苟合。克羅齊的「純粹美學」在藝術活動的完成上，主「直覺即表現」（完成直覺即完成表現），則在藝術活動的目的上，必主「為藝術而藝術」，而否認藝術有除自身以外任何之實用目的與附加使命，故曰「就藝術之為藝術而言，尋求藝術的目的是可笑的」。李先生對於藝術活動的完成，認為「欣賞活動」（實用目的）是「藝術活動」完成的一個「必要步驟」，故傳達工具不可或缺，而在藝術活動的目的上，則持實用的肯定的態度。我記得在第「一」節裡：

我曾經指出李先生與克羅齊之說，在本質上並無絕對的差異，特在對藝術一義之肯定之觀念上有「層次」與「程度」之不同。然則，充其量這裡頂多只有一個「同異」可「辨」，而必無「是非」可「辯」矣！

附註：李先生文學新論第十章所「檢討」的問題共有六則，其餘兩則因與義理無大關涉，姑從略。

三、結論

以上寫了一大篇，好像自己說了很多話。其實我並沒有寫文章。我不過是把克羅齊的話又重複了一遍。這種重複似乎是多餘的，但卻是不得已的。其次，我寫這篇東西的目的不是在批評《文學新論》，而只是想指出《文學新論》中對克羅齊學說的批評不夠正確，也就是說，李先生沒有能夠冷靜的客觀的相應於克羅齊的境界，而同情的來理解克羅齊的學說。這點我想是我非常有必要聲明的！

科學與中國之近代化

《香港人生》一七八期

一、前言

一部中國近代史可以說完全是正面接觸西洋文化並接受其考驗的奮鬥史。然而在近百年的時間內，我們的奮鬥無可諱言的是沒有成功。並且因為這一次是全面性的接觸與決定性的考驗，所以我們的「奮鬥」其意義實嚴重的關聯著整個民族國家的生死與存亡，在這種情形之下「奮鬥」的意義具有了一種絕對的性質，那就是說：奮鬥之未能成功即等於是奮鬥之徹底失敗。

百年的長期奮鬥，在時間上講，的確不能算短了。中國五千年的歷史文化，雖然體重難起，在這樣長的一個時期內，也儘可以鯤化鵬徙，水擊三千，扶搖九萬，而之南冥（這是假定有人以為日本小國，決起騰躍，頗得其便，所以「明治維新」能夠有效成功），然而事實上我們是百歲光陰虛度過，顛倒一事竟無成，這原因究在哪裡呢？何至於此，這難道不是太值得關心而必須予以省察的問題嗎?!

一切的「奮鬥」都必須在主觀上具有充分的「自覺」，因為自覺的意識是一切奮鬥的必要條件，盲目的奮鬥固然是極危險而可怕的，但半意識狀態的奮鬥則常是可笑的或可悲的。中國近百年來奮鬥的失敗，其原因即是完全停滯在盲目的與半意識的狀態下，所以它表現的是太多的蠢動與顛倒，是太多的掙扎與恐慌，它真是既可笑又可悲（一讀近代史便知），而令人對之有一種無可奈何之感。

所謂盲目的與半意識的狀態，即是沒有理性的自覺之謂。凡沒有理性的自覺者，必不能認識一客觀的問題，亦不能認識一客觀的時代。那就是說：他對於客觀的時代問題之意義全不能把握並意識之。他所表現的只是感性的、心理學和生理學的「刺激」與「反應」。刺激是特殊而雜多的，所以反應便成生滅流轉與顛倒。為了要擺脫這個「無明」，並跳出這個「輪迴」，我們必須要對近百年來中國文化所遭逢的時代及其所表現的意識作一番冷靜地檢討：

中國近代史的問題起源於中原文化的正面接觸，在這種正面接觸之下，中國文化是居於被考驗的地位。並且因為它所接觸的是近代西方的文化，所以嚴格的講：它所接受的亦唯是近代西方文化的考驗。如所周知的：西方近代文化的特殊成就與內容，是自然科學的突飛猛進與民主政治的普遍發達，所以「科學」與「民主」的兩大成就便成為近代西方文化的確定意義與象徵，而在近代中西文化正面接觸下，中國所接受的考驗，亦正是「科學」與「民主」的考驗。當然，在這兩者之中「科學」的考驗遠較「民主」來得現實而深切，所以在清朝末年，由於屢次對外戰爭失敗之刺激，首先反應的意識是同治年間的「洋務運動」，其次，始有光緒年間的「維新運動」，洋務運動是單純的想要學習西洋科學的堅甲利炮，維新運動則是想進一步並其民主政體而習之；這就是民國以後五四運動所綜合提出的兩大口號：「科學」與「民主」。而科學與民主於是乎亦便成為中國近代化問題之特定內容。本文旨不在談民主，所討論的只限於「中國之近代化與科學」之論題。

如前所述，雖然我國在清朝末年即已開始積極地講求西方的「科學」，但當時倡其事者只是朝廷一二士大夫之用心（社會上普遍的是反對所謂「洋務」的），而其用心又全為實用的觀點，所謂「師夷長技以制夷」者是也。迨民國八年五四運動，當時所提倡的「科學」口號，雖然在本質上與同治年間的洋務運動同為實用的觀點，但有一點不同的是五四運動開出了風景，它普遍的促成社會群眾對「科學」一概念具有廣泛的意識，四十年來由於朝野上下，舉國一致的要求與努力，「科學」已經成為我們這一個時代的「信念」，尤其是這一個時代的青年人，他們所接受的完全是近代化的科學教育，從小學到大學，從心靈到身體，真所謂徹頭徹尾，徹裡徹外，他們是深受科學的洗禮，在這種情形之下，每一個被教育出來的青年，他們在社會上都應該是一個標準的近代化的國民，而在科學教育推行數十年之久的今天，照說我們的國家應該已經具有全部近代化的國民，因而我國也早已應該成為一高度近代化的國家了，然而事實上情形則大不然，理論科學的教育一點沒有基礎，重工業的發展一點苗頭未見，國家經濟拮据貧窮，人民生活普遍低落，其影響所及，造成社會的動亂不安，與政治的不上軌道，而在國際上則仰人鼻息，行險徼倖，永遠不能有揚眉吐氣的一天。既然近代化國家的條件我們一點也沒有具備，則我們在近代世界史中將遭逢悲劇的命運，那似乎不是一件偶然的事。這原因是「近代化」的意義，必扣緊「科學」（工業技術化）而言。普遍的言之：科學是一切近代化的基礎。而特定的言之，科學是完成中國近代化意義的一個「必要」而「充分」的基礎與條件，那就是說：有了科學中國必能近代化，而沒有科學中國必不能近代化。科學對於中國近代化的意義既是這樣的重要，而中國之近代化的要求又為中國文化在現階段之唯一使命與擔負，因此，吾人實有必要反省並檢討我國「科學運動」之諸問題，而在原則上亦唯有吾人正確理解此諸問題之意義，吾人才能真實有效的開出吾人之科學實踐活動，並創造豐富的科學成果，以完成我國「近代化」的意義與要求。請從而論之：

二、科學在我國文化中為何轉不出來

中國有五千年的歷史文化，它的悠久性與豐富性是世界上任何一個民族文化所不能比的。然而天能覆而不能載，地能載而不能覆，中國五千年的文化也自有其短處，這便是它在五千年的歷史發展中沒有創造出「科學」這一環。我們說它沒有創造出科學，這完全是尅就西方文化中近代科學之典型意義而言，事實上在中國五千年的文化中也自有其某種意義的「科學」，只不過它不是西方近代自然科學之特定意義罷了。很明顯，科學最簡單的定義是指有系統的經驗知識而言，這種知識凡是一個有生存能力的民族，無不有之。否則它早已不存在了。中國民族既然有五千年的歷史文化，它當然是具有著極豐富的經驗知識，至於說「有系統」，這也不是問題，凡是知識莫不有其相當的系統意義，例如：中國人吃豆腐，既有製造研腐的知識，他必先確知（理解）此一製造活動之全部過程，而對之有一系統的知識，然則是亦科學也。我們說中國人的豆腐是科學，這是就簡單的科學本義舉一例，而這種本義的科學與西方的近代科學如果一定要分別同異的話，我們也承認，但它的不同只是屬於「量」的觀念的程度的不同（技術有精粗的不同），所謂：「五十步與百步」耳。豆腐的例子是化學的，此外我們還可以舉一個物理的例子：如果一定要說現代的越洲飛彈是科學，中國人過年玩的沖天炮不是科學，則我們似乎也大可懷疑德國人從前V1 V2火箭之是否科學了，因為這種原都只是五十步與百步的問題，除了「量」的差異外，絕無「質」的不同也。雖然如此，我們尅就西方近代意義的科學家，亦可以採取「方便」的態度，說中國未曾有科學，它所有的只是科學的根苗。

上面我們根據外延的量的觀點已經發現中國文化中雖然確有科學的根苗，但是並沒有西方近代意義的科學，那就是說：它沒有能夠充量盡質的創造出它應有的內容來。在這裡便引出了問題，即：既有其根苗，為何轉不出科學？此必另有因素存在。而這固因素將根據內容的質的觀點以發現之，那便是中西科學心智的異趣。而所謂中西科學心智的異趣，更明確的說：即是中西思維方式的不同。論者或謂中國人是重德的精神，故不長於理智；西方人是重智的精神，故能成就科學，故能成就科學。此言固極近似，惜乎略見其粗。蓋中國文化初不必即是重德的精神，上古史中所表現的史實，其信而有徵者，尚斑斑可考，舉凡先民學術而為王官所守者，類皆屬「智」不屬「德」（中國古代民族心智所首先彰著的學術，如：天文、曆、數、醫、卜、星、相、工藝及兵學等，皆是屬於「智」的學問），然中國文化既非只是重德的精神，而在上古文化中即已表現了重智的精神並成就了一切屬於「智」的學術，可見中國文化之終究未出現科學之問題實不能由單純的「重德」與「重智」來解釋，而必須更深進一層作較精微的辨別工夫，才能夠解析出此一問題之確定意義。

如前所述：中國文化確曾具有「重智」的精神，並曾創造出某種意義的科學成果，但是它畢竟未產生西方近代意義的科學，這個問題雖然甚深複雜，但它主要的關鍵可分兩點來說明：

第一，中國文化之所以轉不出科學，其原因首在我民族心智與思維方式之代表為「直覺的心智」，而非「概念的心智」，直覺的心智雖然亦可以對事物有一確定的有效的智識，甚至於亦可以形成系統的知識，但這種確定有效與系統只是關於一事或一物的（它不能牽連而架構成知識），並且這種知識常常也是不可理解的（凡直覺的皆非可理解的，此所以在中國文化中關於醫卜星相曆數工藝等科學性的知識，亦每多「巧曆」「巧匠」「神醫」「神相」（「相」本是一種幾何學性質的生理學，它與近代科學之以血型鑑定性格在本質上並無不同）等名）。直覺的心智有其專當的用處，例如在討論本體哲學或審美活動時。但若用之以從事於經驗知識或科學，則非其專當的用處，亦便不能成就其正果矣。此義既明，則由中國文化心智中轉不出正經的科學之原因亦明。而在中國「科學」之所以不能發達，與在中國「本體哲學」及「審美活動」之所以極度發達，其原因亦正是初無二致，一機而互見的。

中國人擅長表現其「直覺的心智」，所以在中國文化中能夠創造出極高明之玄思，如此三教經論中之周易老莊及以後之大乘空宗佛法（典型之印度佛法是因明學及無著世親有宗之唯識論）。並且因為中國人擅長表現其「直覺的心智」，所以在中國文化中亦成就了極虛靈的美感，此如魏晉人所表現的精神，以及中國人之人生觀擅於品題詩畫、享受生活、欣賞自然。但是這種「直覺的心智」，中國人薰習既久，動輒天人合一，凡事不求甚解，所謂談言微中，點到便是，這種態度一旦成為我民族國家之甚深性習，則必然無疑的它將嚴重的妨害了科學理智的思維，並有效的阻遏了科學的發展與成就。為了積極的要使中國文化能夠完成其發展而創造出科學，吾人實當於此深用其心，然而吾人並不主張完全對中國人擅於表現「直覺的心智」的性習採取否定或取消的態度，而只是主張不能讓這種「直覺的心智」一往「窮盡」中國人的心智，因為吾人之心智法爾本具諸多良能，除直覺的心智外，尚有其他，為了要成就「科學」，我們所必要的工作，只是如何去引發吾人「心智」中的「概念的心智」，這是正經的事體，也是積極的態度，如果不此之務，而只以直接的頭腦，簡單的聯想，以為中國文化之所以沒有科學完全罪在「直覺的心智」，故必否定之，取消之。那恐怕不是老成的態度，亦非大儒之用心，而淺薄足以害事，顧倒（扶得東來西又倒）所以無成也。

第二：中國文化之所以轉不出科學，其原因復在我民族心智與學術態度之表現為「實用的事業」而非「純粹的事業」。中國人的人生態度一般的說是比較傾向於實用的態度，喜歡講體用合一，本末一貫，理事無礙，當然這些話都是如實究竟的，無有不是處。但是這種思想所表現中國人不喜支離虛脫，愛好實際，注重實用的態度，尅就發展並完成科學的意義來講，亦是頗有所「妨害」與「阻遏」之功的，因為科學知識雖然其「目的」亦可是實用的，但它在「方便」上則絕不是實用的，並且正因為它在「方便」上不是實用的，所以它才能真成其「目的」上的實用的意義，蓋科學的研究必先求其無所用，然後可以有大用，如果完全是實用的態度，科學知識是不能形成的。譬如有一棵樹木在這裡，中國人對它的態度是：匠人見之，只注意它的為「材」之價值，或者可為棟樑，或者可為門窗，或者可為桌椅，或者大枝臃腫，小枝卷曲，便是不材之木而去之。莊子見之，只讚歎它因不材而不被斤斧、得享天年之大用，並以之作為一智慧之啟示，而深深的在人生上來受用。馬致遠見之，只願欣賞它和枝籐昏鴉配合在一起所形成的美感意境。這些態度，無疑的全是一種實用的態度，如果作為一個西方科學研究的態度，便將迥異於此，他的興趣也許只在它的年輪，也許只在它的莖脈，也許只在它的皮葉。總之：他不是實用的態度，而只是對之作純粹理智的思維與研究，以期能從這種純粹理智的思維與研究中，抽象出純粹而普遍的概念與知識。如果我們明白了這種主觀實用的態度與純粹理智的態度之不同的意義，則中國文化之所以轉不出科學的原因亦明，因為科學的研究工作唯是吾人彰著「概念的心智」以從事一種純粹客觀的理智思維活動，且必由此吾人始獲得「抽象」而「普遍」的「概念」與「知識」——科學。

吾人由以上兩點說明在中國文化中科學轉不出來的原因，而這兩點亦正是一貫的，即：直覺的心智與實用的事業，概念的心智與純粹的事業，在精神上是一貫的。為是要想在中國文化中轉出科學，其途徑耑在改變民族性習，以彰著科學的「概念心智」，而實踐科學的「純粹事業」，這個工作當然不是簡單的，相反的正是無比艱巨的工作，但它卻是我們這一個時代的「盛事」與「大業」，有待於我們這一個時代的青年去努力奮鬥、實踐創造。

三、科學在我國近代為何仍轉不出來

上節吾人是由文化之歷史傳統討論科學在中國之所以未出現，本節則將由近代之現實社會以討論科學在中國之所以仍未出現。如前所述，科學運動在中國近代是一貫的被要求並奮鬥著，其高潮期：一為清末之洋務運動，二為民初之五四運動。洋務運動是徹底失敗了，原因是當時國人對「科學」一觀念根本沒有自覺的意識，而只是少數官吏將「科學」當公差事務來辦，它的失敗是必然而不足怪的。至於五四時代的科學運動，它比起清末的洋務運動當然是算成功的，至少它做到了打開時代風氣，喚起國人自覺，並正面提出科學的口號來號召青年，但是它的成就也僅於此，比起「洋務」也是五十步與百步，彼此相差不多。這原因是五四的科學運動與清末的洋務運動，在本質上同為現實主義的實用態度（「五四」是正面標示實用主義的），所以它在「動機」上便非常卑俗，而在「手段」上則根本錯誤。或者有人要懷疑，美國完全是實用主義的國家，為什麼他們的科學會那樣發達呢？關於這點我首先願表示：與其說美國是科學極發達的國家，不如更確切的說美國是工業技術極發達的國家。並且我還願意提醒：美國人開國歷史的理想性與創造性，以及其所承襲的深厚地歐洲文化背景是我們必須不應忘記的。其次，由於四五的科學運動它的基本精神是以淺薄而卑俗的實用主義作為領導的原則，所以它的「智慧」先天的便無能於指導一積極的科學「理想」的奮鬥，而它的「能力」亦不足以承載一真實的科學「實踐」的活動。於是乎它所能提供的只是「宣傳幫辦」，而它自己所表現的則是些「花拳繡腿」，胡適先生以一代學術之宗，獻身於科學宣傳的事業，還將以考據文獻終其生，這事實上是表示一甚深的悲劇，不單是他個人，也暗示了「五四」基於淺薄而卑俗的實用主義的科學運動在先天上是深有不足，而在本質上則是不夠正確的。那就是說：它的精彩與成就將只限於消極的「開風氣」，過此以往，則非其道之所能勝任。

抑更進而言之：五四科學運動的精彩與成就既然只限於消極的開風氣，而過此以往，則非其道之所能勝任，現在的問題就出在這「過此以往」上，彷彿記得（也許只是聽說）五四的領導人也曾頗有自知之明的說過：「但開風氣不為師」的話，如果真是這樣，問題本也可以沒有，但是事實上他們是「既開風氣又為師」，並且因為他們正好在封建社會的末期，表現了一點淺薄的開明，抓著了時間的風頭，占據了最高學府，於是乎在無形中也形成了一種「政教合一」的現象，而以其道大倡天下，卒之於率天下於淺薄卑俗之舉，這就是「五四」的科學運動在正面無能成辦科學的積極實踐與創造後，所泛言廣論的「科學方法」的問題。這個問題雖然在根源上是五四科學運動所衍生的，但它卻整個的影響並塑造了中國的近代學術，所以這個問題是非常不簡單的，亦需要吾人耐心的將它分析清楚。

五四的「科學運動」因為在理想上觀念上精神上提不住，所以它的實踐與創造的活動完全落了空，於是乎依據物理中自然的墮性原理，它便向下向外作精神的轉變（科學的實踐運動轉成科學的宣傳運動），而其心思亦廣度化，致力於一種無確定意義的「科學方法」的討論，大致說來不外是些「歸納」「實證」或生物學、進化論、心理學、社會學、統計學的方法，而其應用的對策與範圍，則是中國過去五千年的文化與學術，於是乎在這種情勢之下，五四的「科學運動」也就搖身三變，由科學的實踐奮鬥與創造活動與創造活動，變成了「整理國故」的事業，再由「整理國故」的事業，變成了對中國文化「重新估價」的企圖，這種演變的痕跡雖然是在一種「偷渡」的情況下不十分顯著，但是它卻是一個客觀的事實，凡是後一個時代的有心人，自當於此留意及之。而這一個「科學運動」的「偷渡」事實亦儘表示了非常的意義，雖然那是悲劇性的意義。

首先這個科學運動的偷渡事實所表示的是：科學在近代中國的奮鬥正式宣告流產。而這個在先天上便深有不足，懷胎期間又未善加照護的東西，生出來卻是一個「得未曾有」的怪胎，它的一切表現都有欠正常，數十年在茲土的生長發育，它並沒有成為一個科學巨人，甚至於也沒有成為一個正經可敬的「賽先生」，相反的它所成為的是一個科學的萬能博士或科學的魔術師，它的煙幕掩蔽了正經科學的真實面目，而它的邪術則摧毀了正待發展的科學的前途與命運。其次，這個科學的怪胎，它不單對近代中國正經嚴肅的「科學運動」舉行了葬禮，它甚至於也要葬送中國五千年的歷史文化，這位科學萬能博士曾經舞拳弄腿，要拖下「孔老二」，打倒「孔家店」，將線裝書丟到毛廁去，而把中國文化摔入虛無的深淵。它所玩的最得意的一次魔術，便是一方面用科學方法考證夏禹並非真實有其人，只是一條蟲；一方面又能利用科學方法考證出四千年前夏禹的生日是六月六日，因而以為我國的工程師節。總之，這個近代（五四）中國科學運動的怪胎，它在我們這個時代是「應劫而生」，它的「橫行一世」雖然愚弄了中國的老百姓，蠱惑了天真的青年人，斬斷了我國科學發展的命脈，肆虐了中國文化的尊嚴，但這一切過去的已經過去了，真正的悲劇所在是到目前為止這個科學萬能博士的魔術並未收場，而且似乎還正方興未艾，這種邪門怪道，牛鬼蛇神的現象，如果不能有效的加以遏止，那才是我們國家在這個時代的真正悲劇。

四、科學之本性

在前兩節我們已經分別反省了科學中國文化中之所以未能轉出，以及其在近代中國之所以仍未轉出，這只是消極的分析其未能產生科學之原因，本節吾人積極的探討產生科學之可能條件，因而對於西方「科學」之「本性」必須有一深切的認識。是心靈的自覺意識之更近一步的要求，亦即除了自覺要創造科學外，還須自覺如何創造科學，這兩個問題如果能夠一併意識清楚，才算是做到「心靈」之充實自覺，這是產生科學之先決條件，也是必要的條件，兵法所謂：「知己知彼，百戰百勝」，科學的實踐奮鬥亦復如此。

大家都知道科學在西方有其深遠的歷史，古代埃及人在公元前四二四一年已經知道用三百六十五日為一年的天文學知識，並且因為尼羅河的每年定期泛濫，他們也早有極豐富的土地測量知識。兩河流域巴比倫人分為夜為十二時，一時更分六十分。在算學上他們採用六十進位法，更以十二為基數。但是這些古代的科學成績，如果衡之以嚴格的近代科學的標準，它的意義是截然不同的，換句話說：它們只是經驗知識而已，並不能具有嚴格的知識之「學」的意義，這種經驗知識跟我國古代的經驗知識是相同的，它們都只是實用的經驗，並不具備抽象的概念。很明顯的，埃及人雖然單經具有測量土地的知識，但幾何學的產生不在埃及，卻在希臘。這個事實所表示的意義是：科學之形成必須超越於實用經驗之上，亦即科學是由「特殊」的「經驗」中所抽象出來的「概念」的「知識」或「普遍」的「共相」，這一步「抽象」工作的意義是一切「實用經驗」與「科學知識」的主要區分所在，也是科學知識的「本性」所在，沒有進一步「抽象」即「知識」便是停滯在實用狀態之下，也就是停滯在主觀狀態之下，而真正的「科學知識」亦便無法形成。

其次，即謂「抽象」之意義，套一句老話講便是「格物窮理」，也就是追求事物之「所以然」的「本質」之「理」，而在這裡也便引申出科學知識的「本性」的第二個意義，那就是：科學知識是由理智的態度所從事的概念的思考，而這種理智的概念的思考亦正是科學的思維活動的唯一方式，換句話說：唯有科學的思維活動的方式是理智的概念的思考方式，科學的「抽象」意義才可能，而由「特殊」中「抽象」出「普通」的「科學知識」亦才可能，否則，不是科學知識不可能，便是非嚴格確定的科學知識（實用的經驗），再不便是所謂「玄事」了。

復次，由以上所述兩點意義之綜合，我們可以很自然的發現科學知識的「本性」的三個意義，那就是：科學知識必須肯定並彰著一「主觀」與「客觀」的對立境界，亦即主觀與客觀的對立是科學知識的一個必要條件。蓋科學本是有關對象的認識之學，凡是「認識」都必須肯定一主觀與客觀之對立，而主客觀的對立亦是一切認識的可能條件。認識有兩種：一為審美的認識，二為科學的認識。審美的認識，其主客觀對立的情勢是「主觀」對「客觀」採取「觀照」的態度；科學的認識，其主客觀對立的情勢是「主觀」對「客觀」採取「理解」的態度。理解與觀照的不同，是在於一個是「概念的心智」，一個是「直覺的心智」。所以一個是審美的認識，一個是科學的認識。這兩種「認識」雖然在本質上具有基本的差異，但是它們的「認識」都需要肯定一「主觀」與「客觀」的對立（「能」與「所」的對立），則是莫有分別的。凡認識都必須肯定主客的對立，此義既明，那麼科學的認識其主客的對立是如何呢？在科學的認識活動中，它主觀方面所表現的心境唯是一冷靜的「理智」，而它在客觀方面所把握的則是一純量的「自然」或「對象」，並且因為它以此主觀方面冷靜的「理智」去把握客觀方面純量的「自然」或「對象」時，是以一種「分解的盡理之精神」（吾師樓霞牟離中先生語）去從事「理解」的，所以它主觀方面的理智活動才能夠如其性而真實的被表現並成就為一種「概念的思考」活動，而「概念的思考」活動一旦真成，則認識之「能」於是乎便充分彰響矣。抑且認識之「能」彰著，則為此認識之「能」所對所緣之「自然」或「對象」亦即隨之被充分理解，而「客體」於是乎亦便彰著。然則「能」「所」雙彰的結果，「心」上呈現清明，「理」上呈現清明，「物」上呈現清明，其實際如此，則科學知識自然產生，而必然確立無疑矣。

五、結論

世界的歷史發展到近代有一顯著的特徵，此即作為近代文化象徵的科學，而隨近代科學以俱來的，則是世界近代史之另一表徵，此即東西民族文化之對立是也。在這裡東西的對立中，主要的是中國文化與歐洲文化的對立，不幸的是在這種對立狀態下，中國文化所表現的正是一個顯著的姿態，它的內容具備了一切封建、專制、愚昧、貧窮、因循、癲疾。相反的，歐洲文化所表現的則是一個強者的姿態，它的內容是開明、民主、進步、富有、活潑、自覺。總之，中國文化所表現的幾近乎無「知」無「能」，一個無「知」又無「能」的文化，也就等於是缺「德」了，因為「知」與「能」即是吾「心」之「盛德」而可以成「大局」者，今既無知又無能，宜乎在中西文化正面對立下中國文化與虛弱而不堪一擊的。但是還原只是一個「考驗」，失敗了亦只是一次痛苦的「教訓」，重要的是我們不能因為慘痛的失敗而悲觀喪志，亦更不應效伍員鞭屍，只是感覺

「日暮途窮」，便來「倒行逆施」。勇敢的承認失敗，領受教訓後，還需要我們站住腳根，科學對於我們並不可怕，而且可愛；並不可惡，而且可貴。因為科學在消極方面固然曾經侵略並摧殘過我們，但是在積極方面，它亦大可提供我們以豐富的新知識與新技能。換句話說：科學的知能如果我們能夠積極的加以「學習」並「創造」，則第一：它將可以幫助我們國家完成近代化的意義，而使我們的國家能夠富強康樂的重新挺立在世界上。並且科學知能之「學習」與「創造」已經成為二十世紀近代國家的「共業」，近代國家所必須具備的條件：如果民的自覺性、社會的組織性與工業的機動性等等，科學都能夠提供充分而有效的基礎，所以科學在今日世界的確應有其優越的地位，沒有科學固然不能夠完成國家之近代化，並且甚而簡直不能夠立國於當今的世界，它是近代國家奮鬥實踐的唯一目標，而在找國則更有特殊的意義，即：要想完成中國之近代化必須及時「學習」並「創造」科學；同時要想維護中國五千年的歷史文化不被二十世紀近代的潮流所壓倒，亦必須及時「學習」並「創造」科學。這真是生死交關之際，存亡絕續之秋，每一個中國的國民，都是匹夫有責的。其次，科學在中國近代史之奮鬥中的另一意義即為充實中國固有文化之內容，如所周知，中國文化最缺乏的一環即是未能創造出科學知識（概念化的科學知識），而中國文化之始終未能創造出科學知識，從效果方面看：其直接影響的事實，則是「歷史」與「社會」不能產生積極的變化與演進。而是乎中國文化數千年來（漢唐以下）就在一種主觀意義的成熟狀態之下因循委蛇，停滯而無進。復次，中國文化之始終未能創造出科學知識，從主觀方面看（內在於中國文化本身看），實即為中國文化自身之一甚深「委曲」與「缺德」，而這種「委曲」與「缺憾」理應不為中國文化所能安，而在中國文化自盡其性的活動過程中，亦遲早當該要發展並圓滿此一環，此蓋理有必然，事所必至，而中國近代史的民族自覺運動，即無疑的要承當這一副文化的「充實」與「創造」的使命。抑更進而言之：充實中國固有文化與完成中國之近代化，有二者實為一事之兩面，而其意義亦正是雙關的。即：充實中國固有文化的內容，唯有藉科學知能之學習與創造以完成中國之近代化，而完成中國之近代化亦即所以充實中國固有文化之內容也。總之：科學在我們這一個時代，無論從哪一方面看，它確是當務之急，必須積極而有效的加以學習並創造，而現代中國的青年要當如何戒慎恐懼，自覺處在這一偉大而非常的時代中「使命」的嚴重與「意義」之重大，而決然有所奮發，惕然有所用心，確然有所致力。

自由主義之審查

《香港人生》二五三期

一、前論

自由主義Liberalism一辭在西方有其悠久的歷史背景，但是典型的自由主義則是近世西方的產物。本文所陳述者，即以近世西方自由主義在具體的歷史發展中之「本質」與「活動」為審查之依據，而尤著重在現代中國自由主義之「精神面目」與「作用影響」之審查。其他關於複雜的自由「定義」與抽象的自由「理論」，則盡量避免。

嚴格的講，在中國過去的歷史文化中並沒有像近世西方所謂的自由主義。因為近世西方所謂的自由主義有其特殊的歷史文化背景，並且是經由長時期的客觀考驗與主觀奮鬥所漸次發展形成的。然而，在中國的情形則不然，客觀的歷史既未能提供充分的條件，主觀的願望亦未構成必要的理由。所以自由主義在過去中國的歷史文化中始終是因緣不具備，而未能發展形成像近世西方所謂的自由主義。這個差別現象的根源不過是由於東西方歷史文化的特殊背景不同罷了，在這裡面本來並無絕對的利害得失可言，西方有之固可贊賞，中國無之則亦何必歎惜。所謂「禮」有多之以為美，亦有少之以為貴者，天下的道理有時常是相對的。何以言之：

㈠自由主義在西方的歷史文化中所以能夠發展形成，而波瀾壯闊，終至於蔚為近世西方文人之精神主流者，實因為西方傳統文化之本質有其非理性的一面：古代希臘的奴隸社會對於人身自由應該具有最原始的啟示。羅馬帝國繼承希臘的奴隸制度而廣大推行，並確立強大的中央政府，厲行嚴格的極權專制政體以統治帝國之廣大領土與被征服之殖民地，則其對於「自由」之直接啟示與刺激，亦自有極大的功效。西元四七六年西羅馬滅亡，西方歷史進入中世紀千年黑暗時代，基督教興起取得西方社會之精神領導權，而封建割據之諸侯貴族則分享了現實世界之統治權。教會的獨斷與封建的腐敗，對於中世紀人民在精神與肉體兩方面都是極大的壓迫，且其時間長達千年之久，而其深厚之程度復遠過於希臘羅馬之奴隸社會（奴隸無精神上之壓迫與負擔），因而對於「自由」之刺激與啟示，亦更直接而有效。近世西方之自由主義最先便是以宗教的改革運動為其精神的主要特徵與行動的具體表現。此後的自由主義亦莫非是反抗由此種西方傳統文化之本質非理性所產生之諸歷史現象，因而我們可以說：自由主義在西方如就其「成果」方面來看，固然是積極的，創造的。但是如就其產生的「歷史背景」來看，則是消極的，負面的。因為它只證明在西方傳統的歷史文化中具有太多的非理性的本質因素，否則西方的自由主義必不能做出如許驚天動地，可歌可泣的大好文章也。

㈡自由主義在中國過去的歷史中所以始終因緣未具，而若有若無者，實因中國傳統文化之本質唯是以道德理性為其精神之主流，因而歷史現象與社會生活亦較為合理，而有一種所謂「常道」可資遵循（西方歷史之富於刺激，呈現跌蕩，與此不類）。此所謂「常道」者，即指周公所制作之禮樂是也。周公之制禮作樂在中國之歷史文化上實為一真正劃時代之大事，禮樂之本質是道德理性，道德理性之客觀化便是禮樂之節文制度，用之以化民成俗便形成合理之社會生活；用之以治國安邦便產生合理之歷史現象。中國過去五千年的歷史文化便是在這種禮樂教化的薰陶與禮樂制度的規範之下被塑造成型。人類「生命」中之野蠻與非理性的成分，人類社會中之黑暗與不合理的現象，皆相對的消融淨化了。在上者是所謂聖王君子，在下者是所謂小人百姓。上下既相安於禮樂，亦相忘於禮樂。古之所謂無為而治者，謂在上者「垂拱而治」，在下者「日出而作，日入而息，鑿井而飲，耕田而食，帝力何有於我哉」。雖然，這種情形是所謂黃帝堯舜之道，與無懷氏葛天氏之民。但是，一般說來後世中國之歷史社會類皆如一種莊子所謂「魚相忘乎江湖，人相忘乎道術」（大宗師語）的境界。社會上無壁壘森嚴之階級對立現象，古之所謂「士、農、工、商」，此但為職業區分，不是階級差等，且其升降出入，儘有方便（馬克斯以階級鬥爭為歷史演進之方式，此在西方或有所當，在中國則殊無意義也）。在宗教信仰方面，更是兼容並蓄，如西方中世紀教會之黑暗武斷亦大小不相同。凡此皆所以證明中國過去的歷史現象與社會生活一般說來皆較為合理，因而「自由」的問題亦並不如西方那樣暴露凸顯。雖然，「自由」的問題在中國過去的歷史中，並不是完全不存在的，但是，它所接受的客觀啟示與刺激似乎畢竟太少，不足以迫使人們對「自由」一問題正面加以考慮，並對之產生強烈的要求與積極的行動則是一事實。因而我們可以說自由主義在中國如就其「成果」方面來看，固然是消極的，貧乏的。但如就其所以未發展形成之「歷史背景」來看，則是理性的，正面的。因為它至少證明了中國過去的歷史文化具有一般的「合理」，並享受了相當的「自由」。否則中國的自由主義在過去的歷史活動中所以始終不彰著的原因便是很難理解的一件事了。

以上首先根據特殊的歷史文化背景，分析出自由主義所以在西方發展形成，而在中國則始終因緣未具，若有苦無的原因。其次，說明這種差別並無絕對的利害得失可言。吾人當務之急唯在善存固有之長處並求取他人之長處，消除自己之缺點並避免他人之缺點。凡事唯善是從，唯惡是避。這點也許是我們在討論本文以前首先應該認取的。

二、自由主義在近世西方

近世西方的自由主義導源於文藝復興，而發端於宗教改革。如所周知：西方的文藝復興運動是對於中世紀政教黑暗的反動，而其本質則是一種「人性」與「人生」的自覺與解放運動。這種「自覺」的心靈與「解放」的意願所代表的活潑的生命正是「自由」之基本精神所在。文藝復興時代這種活潑的生命（自由精神）是一切創造活動的原動力。近世西方文化之一切成果幾乎無一樣不是以此種生命為母體而產生者，諸如民族國家的產生、方言文學的興起、科學真理的發現、宗教改革的成功、民主政治的建立等等皆是。其中宗教改革運動尤其是近世西方自由主義潮流之發端與先河，後來的法國大革命在精神上與此一脈相承，而使近世西方的自由主義潮流更激烈的發展與推廣，並開出燦爛的花朵。唯宗教改革運動的對象是教皇與教會的武斷，所爭取的是信仰思想的自由；而法國大革命的對象則是國王與政府的專制，所爭取的是現實人權的自由。近世西方自由主義奮鬥的歷史雖然已有五、六百年的時間，且其活動是多方面展開的，但是其主要鬥爭的內容不外政教兩方面，而宗教改革運動與法國大革命便足以為近世西方自由主義在這兩方面奮鬥實踐之典型代表。以下吾人便將根據文化史所顯示的，分別予以審查，從而見出近世西方自由主義之「本質」與「活動」所代表之精神價值及其發展歷史所給予吾人之經驗與啟示：

㈠宗教的改革運動

促成宗教改革的基本原因，當然是中世紀以來教會之長期黑暗與武斷，使內在的人性與客觀的人生皆受到非理性的桎梏，因而產生自覺與解放的意願。但是促成宗教改革的現實因緣，則是當時（公元一五一七年）教皇利奧十世Leo X為了建築羅馬聖彼得禮拜堂的會議廳，售賣贖罪券，向人民勒索金錢，宣稱凡購買此券者，可以免罪（因照基督教教義，世人皆有罪故）。此事引起日耳曼威丁堡大學神學教授馬丁路德的反對，在教會門口揭出九十五條抗議文，教會於是舉行公審會，命其撤消對教會反抗的宣言，路德不肯認錯，堅決主張宗教信仰唯有依據聖經的解釋，並反求於主觀個人的靈魂始能得救。終於路德是勝利了，路德的新教傳播到其他的國家去，尤其是在斯堪的那維亞國家，信奉新教的人比在日耳曼境內還多。新教因為它的本質引起許多教派的發生，除在德國的路德教外，還有兩大宗教團體：在瑞士有喀爾文教派，在英倫有英國國教派。皆以反對舊教之極權武斷與腐敗黑暗，而直接求訴於聖經與個人之靈魂。故宗教改革運動在本質為一種信仰的還原運動，而在表現的方式上則是一種以「自由」精神為主要特徵的解放運動。但是值得吾人深切注意的是這種自由精神與解放運動在發展過程上所呈現出來的「曲折」與「歧出」（因為這一點對於吾人審查自由主義具有極重要的參考價值）：

新教的發展本身是無組織的，步驟也是不整齊的，因而它的發展變化在結論上也並不如一般人所想像的那樣完善。喀爾文派為了保障新教的成功與發展，重新肯定有統一組織的必要，對於新教因信仰自由所帶來的混亂，主張與其寬容，不如統制。於是首先在日內瓦建立新教會。為了統一教義，喀爾文著的基督教原理是一部擁護新教的專著，可以和中世紀的系統神學相比擬。喀爾文有冰一樣的冷靜與鐵一樣的意志，他自己的意見常是堅持而不肯讓步的。對於異說者塞爾維塔斯Servetus，因不贊成三位一體的奇蹟而竟將之處以焚刑，這情形和中世紀教會的異端裁判所是沒有兩樣的。路德後來也建立新的教會，於是信仰復歸於統制的傾向。在英國情形也一樣，甚至於有過之而無不及。

因為英國國教派採取政教合一的形式，國王同時就是國教的領袖，這是中世紀歷代教皇夢寐以求而終未實現者。公元一五三四年國會規定任何人否認國王的宗教無上權，即當判逆罪論。後來國會又將教會的教條制成六條款，頗似天主教的教義。至於英國的清教，本是代表喀爾文主義的一派，具有嚴格的道德律與不寬容的精神。克倫威爾清教主義的革命在英國歷史上所產生的專制記錄亦是人所盡知的。清教的教條在很多方面都更類似於中世紀之天主教，精神上是嚴格呆板，而與自由進步是極端相反的！

㈡法國的大革命

十六世紀的宗教改革是近世西方自由主義運動的發端，十八世紀法國的大革命則是近世西方自由主義運動之高潮。西方歷史由文藝復興，經過啟蒙運動，到十七、八世紀是所謂理性主義的時代。認為一切事物只有合理的才是正當的，對於傳統的觀念與制度都應該重新估價。代表這種新思想的學者以法國的服爾泰Voltaire為最偉大，他常常攻擊羅馬教會，以為是最反理性的機關，他也攻擊專制政治，和所有不合理的社會制度，他主張改革及言論出版的自由，對於當時的影響極大。和服爾泰同時的法人狄德羅Diderot，他曾邀約同志編纂一部新的百科全書，目的在於傳播科學的知識，提倡合理的生活，激起民眾改革的熱忱，因此他們有百科全書派的稱號。此外，如英國的思想家洛克Locke曾提出人生而平等和天賦人權的主張，認為政府的職責在於保障人民的權利，否則人民可以推翻它。此後法人孟德斯鳩Montesquieu著法意一書，盧梭Rousseau著民約論皆極力主張自由、民權。可見當時法國實為這種自由主義與民權思想之大本營。唯這種思想風氣與當時的現實政治與社會是極相違背的。終於促成近代西方歷史上驚天動地的法國大革命運動。革命首由巴黎民眾起來暴動，攻打那座象徵專制主權的巴斯提Bastille獄。各地人民群起響應，推翻王家官吏，焚毀貴族地位的住宅，劫奪教會的財產，法國大革命便由此趨於激烈，而「自由、平等、博愛」便是當時革命的響亮口號。法國大革命在實質上是一種民權運動，而在表現方式上則仍是一種以自由精神為主要特徵的解放運動。雖然，革命是勝利了（廢除封建農奴制度，發表人權宣言，更由實行「立憲」，進而宣布「共和」）。但是值得吾人深切注意的仍是這種法國大革命所表現的自由精神與解放運動在發展過程上所呈現出來的「曲折」與「歧出」（因為這一點對於吾人審查自由主義亦同樣具有極重要的參考價值）：如所周知，法國大革命在過程中曾經出現所謂「恐怖時期」，對於保王黨的大屠殺繼續了五天，而且不僅有反革命嫌疑的人被處死，就是許多革命分子也遭殺害。同時為了抵禦外國的干涉，因而導致法國偏執的軍國主義的產生，終於在革命的結果上出現了拿破侖帝國對內極權與對外侵略的大悲劇。既為歐洲帶來了空前的災禍，更為法國帶來悲慘的命運。雖然，自由民權似乎是實現了，但是並未充分，而且所付出的代價未免太大了。

吾人由以上所述宗教改革運動與法國大革命之發展歷史來看，它所給予吾人之經驗與啟示，其意義是非常重大的。因為它說明一個事實真理：即凡「本質」無真實之理性原則，及其「活動」無嚴謹之條理步驟之自由主義，在發展過程上常常會呈現出「曲折」與「歧出」，而在效果上常常也是失敗的。因為它常引生其自身之自我否定（自由之反面）。

三、自由主義在現代中國

自由主義在中國的發展史是非常簡短的，因為它幾乎可以說完全是一種舶來品。何以說完全是一種舶來品？自由主義移殖到中國來，主要是晚清中西文化正面接觸以後。一般地講：清潮末年的政治黑暗，社會腐敗，加以帝國主義的經濟制度與武裝侵略，中國人民前所未有的「內憂」與「外患」的雙重壓迫之下，其在精神與現實上所受到的痛苦創傷是難以想像的。因而自覺與解放的意願亦從而產生。但是在行動表現上則仍是軟弱而不彰顯的。清末的變法維新運動的失敗，便是一例。它代表現代中國自由主義第一次的表現衝動，可惜是失敗的，而且是不太令人同情的失敗，因為它既缺乏明確的觀念理想，又無充沛的生命氣象，因而它的奮鬥倘若衡之以西方自由主義的「本質」與「活動」的實踐內容來看，則其失敗是必然的，而其失敗所以不太令人同情也是可以理解的。

清末的變法維新運動雖然失敗，但是客觀的情勢並沒有改變，國人對現實時代的自覺解放的意願反而更形激烈，終於「自由」的運動以更有效的方式與更有力的行動再度展開，並形成高潮。辛亥革命爆發，全國普遍響應。滿清政府被推翻了，五千年的君主專制也同時被廢除了，共和政體的新中國正式宣布的成立。但是，革命雖然勝利了，卻並未成功。國父遺像上有兩句話：「革命尚未成功，同志仍須努力」，而戴傳賢先生在青年守則前文中也說道：「今革命基礎大立，革命主義大行，而內憂外患與革命之進展同時加重」，所謂「革命尚未成功」，即指「內憂外患與革命之進展的同時加重」而言，亦即「自由」之大業尚未完成，有待於國人之繼續努力。當時北洋政府陰謀推翻革命，到處軍閥割據，而帝國主義不平等條約的束縛亦未廢除，終於在民國八年又爆發了中國現代歷史上著名的「五四運動」。

起初五四運動在實質上本是一種學生的愛國與救國運動。所以五四運動的精神在起初全然是一種民族意識的自由主義。但是很快的便轉變了，因為當時領導運動的人物只不過是一批青年學生。而且他們的「熱情」與「勇氣」只足以使他們產生「遊行」與「喊口號」的行動罷了，過此以往，便非其力之所能勝任（統一全國，掃除軍閥及廢除不平等條約的自由事業皆須等以後國民政府來實踐完成）。轉變以後的五四運動主要是遺棄了民族意識，成了寡頭的自由主義，而只在學術風氣與社會風氣兩方面表現它的影響，此即所謂「德先生」與「賽先生」之民主科學口號是也。本來轉變方向亦並無不是處（自己不能勝任的事情，喊完口號後讓給別人去做，亦不算逃避責任），因為自由的領域是廣大的，自由的事業也是無限的。問題是在實踐「自由」的態度。五四運動後來的轉變，因為它遺棄了民族意識，所以它實踐「自由」的態度無論在觀念上或行動上都產生了極大的偏差，而其不自覺的後果在其後三十年的中國現代史中，終於形成了非常廣泛而深厚的影響。此可分兩方面來加以審查：

㈠在學術風氣方面

五四運動轉變以後主要地是撤退到學術界發揮它的自由主義的精神。但是因為遺棄民族意識，表現寡頭的自由主義，是它轉變後的主要特徵，所以「五四」所表現的自由主義精神撤退到學術界來以後，先天的對於中國文化是一種消極的態度。並且因為它所標榜的「科學方法」的濫用，更使它以一種懷疑的態度來面對中國文化的遺產，覺得中國文化之一無是處，而樣樣不如人。於是主張打倒孔家店，線裝書丟到毛廁去。禮教是吃人的，所以必須破壞；孝道是拿不出證據的，所以沒有理由相信。……五四運動認為這些都是應該打倒的「偶像」與「教條」，也是它轉變方向以後表現自由主義精神的最好對象（比掃除軍閥與廢除不平等條約要輕易得多）。其結果「自由」的精神是得到了充分的發揮，解放的意願也得到了相當的滿足，但是卻無積極的「貢獻」與「成果」可言。中國文化的生命受到了極大的摧殘，一切在懷疑中，精神上是一種無政府狀態，思想上呈現一片紛亂與虛無。故人所謂「道衰文敝」者，民國以來學術的敗壞，至於不可收拾，這種情形也許非五四諸公始料之所及。但是這種不自覺的惡劣後果實原於「五四」所表現的自由主義精神之「本質」與「活動」缺乏理性的領導原則，因而在實踐「自由」的態度上形成了偏差與錯誤。有人曾將中國的「五四運動」比擬西方的「文藝復興」，表面上看起來好像很類似，而其實大大不然，其效用亦相差甚遠。關於這一點我們只要審查一下兩者對於古典文化遺產（傳統）的態度便可分曉：文藝復興對於西方傳統文化是一面有所揚棄，一面有所保留（反對中世紀的政教黑暗與腐敗，而熱心於研究發揚希臘羅馬的古典文化），但是五四運動對於中國的傳統文化，則是一往採取一種揚棄破壞的態度，從周朝的禮樂制度與孔子「仁義忠孝」的道德教訓，到滿清時代的小腳辮子八股文，一概加以反對破壞。所以五四運動在實質上是與文藝復興不同的，而在究竟上是一個失敗的運動，因為與其說像文藝復興，無寧說倒有點類似法國大革命（破壞性大）。但是在積極的成果方面又不如遠甚，法國大革命建立了「共和」，宣布了「人權宣言」，而五四則是一無所有。

㈡在社會風氣方面

五四運動轉變以後，另一方面是在社會上表現它的影響，因為五四在學術風氣方面的影響既使中國的文化生命受到了極大的摧殘，則現實社會的秩序在根本上便同時蒙受了極大的破壞，人們對於「倫理、道德」與「民族、國家」的觀念，皆認為是封建的、落伍的。因而個人主義與虛無主義的思想充滿了現實社會，於是乎自由精神完全解體，在社會上泛濫，猶如洪水猛獸。沒有「原則」，沒有「方向」，沒有「目標」。在這種社會的「秩序」破壞與「基礎」動搖的狀況下，人們充滿了「苦悶」與「徬徨」。然而「五四」本身對於形成這種社會現象卻提不出任何有效的辦法與積極的理想，它在這方面的表現是癱瘓而無力的（在另一方面則是任性而放肆的），於是很快的在五四運動的風氣中蛻變出左傾的集團勢力——中國共產黨的影響終於表現出來。雖然我們不能說中國共產黨是五四精神所直接孕育產生的，但是五四運動所開出的風氣，不能為文化理想提供積極而有效的實踐途徑，則至少在理論上要負一種道義的責任。並且五四運動所表現的非批判的自由主義精神，間接引生共產主義思想之反動，在邏輯上亦並非是完全不能理解的，其對共黨極權暴政在中國大陸的出現實具有一種促媒的作用（這種情形亦正如法國大革命時之非批判的自由主義精神，最後終於引生拿破侖之帝國專制一樣），因而產生中國現代史上空前的大悲劇，而現代中國自由主義的「本質」與「活動」也徹底暴露了它的弱點。吾人面對著這種「自由」事業的慘痛失敗，相信每一個人都是異常痛心的，但痛定思痛，吾人似應該徹底反省並檢討它失敗的原因，以謀糾正既往的偏差，而善導未來的發展，因為這正是吾人審查自由主義之動機與目的也。

四、結論

依據吾人以上審查自由主義在近世西方與現代中國分別發展的歷史來看，它所提供予吾人之「經驗」與「啟示」是極豐富而寶貴的，現在將吾人審查的結論提出如下：

㈠自由必須以理性為本

自由的本質是理性的，這被設定為一種自明的公理。在西方人生而是平等的，也生而是自由的，這句話和中國的人性本善的主張具有同樣的意義。自由的本質雖然是理性的，但是在具體的實踐活動中是否亦是理性的，則是另一問題。吾人由西方宗教改革與法國大革命兩者所表現的自由主義的實踐活動來看，顯然在它的發展過程中違背了理性的原則，因而造成各種的弊害，使得本來是正義的事情，在結果上反而得失互見，利害參半。所謂扶得東來西又倒，西方歷史之所以富於刺激跌蕩，在這裡可以得到一種說明。雖然在外觀上頗足欣賞，帶喜劇性（也許只是國劇），但終歸是矛盾痛苦的。所謂「弱於德，強於物」（莊子評惠施語），理性的領導原則如不能確立，則自由的事業終不免反覆激蕩也。法國大革命時羅蘭夫人曾有一句名言：「自由，自由，多少罪惡假汝之名以行」，要想「自由」的神聖事業能夠純粹至善，有利而無弊，則必須念念「自覺」而以「理性」為本也。

㈡自由必須以生命為用

自由是一種理想，更是一種實踐，尤其是一種創造的行動。一般人有一種淺薄而錯誤的觀念，認為自由只是一種權利與享受。雖然，自由既是一種天賦的人權，它當然是應該被享受的。但是所謂「天賦人權」這只是一種抽象的原則，被吾人如此肯定而已。它本身只是一種潛存性的真理，要想將這種潛存的真理在人類的歷史社會中實現出來，而為吾人所享受，這其間實還有異常的艱苦歷程，需要吾人來奮鬥實踐。黑格爾曾經說過一句話：「全部人類的歷史就是一部自由的奮鬥史。」可見自由是需要經過長期艱苦奮鬥才可以實現的，不是憑空一句話，便可現成享受的。我們現在人類歷史所已經實現的自由，其實只是極有限的部分，但這卻已經是數百年長期艱苦奮鬥的結果。並且隨時都還在遭受著迫害與打擊。歷史所顯示的事實：自由的花朵常常是要用生命的鮮血去灌溉與培植的。沒有生命便沒有自由，生命是一切創造行動的根源與原動力，所以要想實現自由，創造自由的成果而享受之，則必以生命為用，而樂觀的實賤，積極地奮鬥。上帝所幫助的人，永遠是自己能夠努力的人。如果只會要求享受「自由」，則必是可恥而失敗的自由主義。它對國家對時代皆只有害事而不會有任何貢獻的。

㈢自由主義本身不是一種哲學，也不是一種理論；而只是一種思潮，一種運動因為自由主義的產生不是由於抽象的思想，而只是人類歷史活動的產物。因而自由主義有其客觀的時代性，離開客觀的時代便無自由主義可言。並且因為時代的不同，自由主義的實踐內容也因之而異。所以認識時代的課題，把握實踐的目標，是自由主義的主張特徵。假如不此之務，而只是空談自由理論，背誦自由過去的歷史，把它當作一種自然的權利，無視時代，不分對象，消極的要求，盲目的呼喊，如現在台灣一般自由主義者所表現的情狀，則在主觀上其心靈已入於一種「不自覺」的精神狀態，其所言之「自由」亦便虛脫，而無內容可言，凡虛脫而無內容之自由主義，在社會上容易形成一種「自由」觀念的泛濫（因為它對於時代的課題與實踐的目標皆沒有自覺的意識）。這種「自由」觀念的泛濫，其為害之深且巨，在影響上是非常可怕的。並且是時代動亂的主要因素所在，其結果形成時代精神之墮落，社會秩序的破壞，與文化現象之病態發展，此不可不察也。

㈣自由主義的哲學基礎必須是理想主義的

自由主義本身雖然不是一種哲學理論，但是在實踐自由主義時，它必有一種哲學基礎作為依據（或者是自覺的，或者是不自覺的），以成其實踐的態度。並且這種哲學基礎足以充分決定其實踐活動之利害得失。舉例言之：假如自由主義以一種個人主義的哲學為基礎，則必然會產生一種個人的自由主義，只講求主觀個人的自由，至於其他的個人，以及社會、國家、世界人類，則皆可以不加顧慮，這種以個人自由為無上要義的自由主義，顯然是不正確的，因為它必然會帶來時代與社會的動亂。此其病只在其所依據之哲學基礎是錯誤的。又如自由主義以一種唯物主義的哲學為基礎，則必然會帶來一種自由主義的悲劇結果，此如共產主義以經濟的自由主義為其出發的觀點（反對資本主義所造成的貧富不均及資本家的壟斷與剝削），通過階級鬥爭的手段，所表現的自由解放運動，這個運動在我們眼前的二十世紀，終於造成人類歷史空前未有的災難浩劫。此其病根亦唯是其所依據之哲學基礎錯誤，故在效用上非但不能實現「自由」，並且適得其反，形成「自由」之徹底否定，造成一個全面「奴役」與極端「剝削」的社會。實踐自由主義運動之哲學基礎既是如此的重要，所以要想保證自由主義運動之實踐成為「合法」而「可能」，則其所依據之哲學基礎必須是理想主義的，亦即實踐自由主義運動必須植根於「人性」中之「善意」（Good will），而以創造「人文世界」之合理與繁榮為其理想也。

最後我想引羅素的話：「太少的自由會帶來停滯，太多的自由則帶來混亂」作為本文的結果。這話暗示了「自由」不完全也不一定是吉祥之物，它的價值是相對的。主要在我們應該掌握「自由」的實踐，務必令它的活動發展既「適當」且「適度」。所謂「過猶不及」，這可能是每一個欲「了解」或「實踐」自由主義者，所必須注意的。

論宗教神話

《香港人生》二五六期、二五七期

一、前言

宗教是人類精神生活的一個領域，這個領域一方面是非常的超越，一方面也是非常的深廣。內在於宗教本身來說，它的內容是極豐富的，而相對於人生來說，則它的作用是極重要而且有價值的。對於這樣一個具有豐富內容與重要價值的人類精神生活的領域，吾人宜加以研究，並從而對它具備充分的認識。然而要研究宗教，其途徑頗多，舉例言之：我們可以單從歷史的觀點來研究宗教在時間中的發展現象；也可以單從哲學的觀點來研究論證與發揮教義的宗教哲學；也可以從心理學的觀點來研究普遍一般的宗教心理發生、作用及其價值；也可以從一種比較宗教學的觀點來研究各宗教的同異，並進而衡論其是非優劣等等。以上每一種觀點都是一組專門的課題，足以形成一套專門的學問。本文旨不在研究這些專門問題，因為這不是一篇論文所擔負的責任。現在只想從宗教的根源問題來觀察宗教本質的原始意義，如此則「宗教神話」一問題，首先便被發現。這個問題就整個宗教來說，雖然不是最主要的問題，但卻是最根源而不可忽視的一個問題。因為在事實上宗教神話先於宗教。任何宗教在它正式形成之前，各種形式的宗教話已出現，而直接間接地為宗教的成立提供了有效的基礎。所以在原則上吾人於研究宗教之先，應對「宗教神話」一問題有所認識。復次，宗教神話不單先於宗教，而為宗教的成立提供有效的基礎。即在宗教成立以後宗教神話仍不斷地為宗教所運用，而與宗教不相離，並進而在運用功能上形成宗教之一種重要屬性。因而假如我們對宗教神話能夠有一正確的認識，則消極的它可以使我們免除一些對宗教的誤解，而積極的它可以助我們對宗教有一正確的態度。

二、早期宗教神話之出現及其所代表的人類精神發展之意識

一般說來，凡是神話都是宗教的。因為神話的本質代表人類心靈意識的一種原始信仰。不管這意識是自覺的意識，或是不自覺的潛意識。因而我們可以說神話的產生是由於人類心靈基層的一種信仰意識，當人類的遠祖由爬蟲類進化到哺乳類，並進而正式放棄兩隻前足直立而行的時候，他首先獲得的一個偉大發現是一個立體世界的呈現。這個世界的呈現是如此的客觀，真實，並且清晰。對於他來說世界一完全不能忽視的存在，

無論仰觀俯察，動靜語默，他對世界無時不在「觸受」，而世界對他也無時不在「薰習」，世界中所存在的各種現象是無比的複雜而奇異，人類心靈接觸這些現象後，不可能像一面鏡子，只被動的照映一下便算了。他還要主動地去加以認識而求其了解，為了要認識並了解世界便自然地必須信仰世界是可以被認識的（這是一個自然而必然的前提）。但是在初民時代對於世界雖然具有經驗卻無知識可言。並且他有的經驗只是一種直接的經驗，而非一種反省的經驗，所以亦不足以供其運用，而對世界形成一種「理解」。在這種情形之下，上古人類不自以為淺薄無知，而信仰世界是可以認識的，為了要認識世界並表示他所認識的世界，神話便首先被創造了。上古人類創造神話其實際是一種心靈的流露（並非一種目的），也就是人類在發現「世界」，具有一人生以後，心靈蠕動所次流露的一種象徵性的語言符號：代表他對世界與人生的一種觀念與認識。這種「認識」雖然從「理智」的觀點來看，完全不足以為正確而有效的「知識」，但是上古的人類原本不求其能有所「利用」，而只是要求「信託」它（近代人滿足於知識是因為知識能被其利用，上古人類滿足於神話是因為神話能使他信託這個世界與人生）。神話產生的基礎既是由於人類「信抑」世界是可以被認識的，而其作用復在於能人類「信託」其所存的世界與所具有的人生，所以一般說來：凡是神話都是宗教的。

神話的本質既是如此，則吾人研究上古宗教神話之途徑立即便被發現：照基督教的教義講，上帝對於人類的啟示，第一次是藉「自然」啟示給人類，第二次是藉「基督」啟示給人類，「自然」是宇宙普遍的自然現象，「基督」是一份典型的人生代表，自然與人生二者是人類認識活動的兩大課題，上古人類的宗教神話亦正是相應於此二者而被創出來的，然而人類對於自然的關心是將「自然」關連在「人生」上而關心的，所以歸根結蒂，人生問題是本位。早期的宗教神話即是由人類的心靈中自然流出，透過人生的諸問題而反映在一些特殊的事例上，這些特殊的事例雖然複雜多端，包羅萬象，但是我們可以將它併歸幾個部門：此即上古人類的心理現象，社會生活與民族活動等是。而把握這三組問題的題材，亦便即是吾人研究上古人類的宗教神話的正確途徑。

上古人類生活暴露於大自然中，他們的生命完全是赤裸裸的，自然界的一切現象對於他們都是難題，而人生的活動亦正是非常的艱苦，這種「自然的發現」與「人生的感受」中，人類的「心靈」開始活動，對於「自然」他需要認識與了解，因為對於「人生」他需要信託與保障，早期宗教神話，如前所述，即是在這樣的基礎上形成，現在即分別從心理現象、社會生活與民族活動三方面，來繼續對上古人類的宗教神話作一番觀察，並從而見出其在人類精神發展上之意義。

首先從心理現象方面來觀察：人類生活於天地間，自然界的一切是他們生活的憑藉，但是自然並不是完全馴服的，風雨雷電，山崩地震，水旱荒災，時或有之，這些現象一方面使上古人類感到非常驚異，一方面也使上古人類生存隨時都遭受到威脅，而人生上的生老病死，飢餓窮困，亦所在難免。人類面對著這些問題，在心理上便產生緊張、恐怖、愁苦、悽慘等等現象，而在精神上需要獲得某種穩定與保障，以稍舒解其肉體上之負擔與痛苦。在這種情形下，上古人類的「天」「神」觀念，與宗教神話便產生了。而「巫」也跟著興起。在上古人類的意識中自然界是有神靈存在的（日月星辰，山川動植草木有神），而自然界的一切現象便是天神的理智，情感與意志的反應，所以人生要想祈福避禍，便當敬事天、神，小心謹慎，不可疏失。但上古人類雖確信天、神存，在卻不可得而見聞，於是巫祝便起而為天神的代言人，通過巫祝人類便可與天神發生真實之感通，而讓彼此得到相當的滿足，滿足神需要祭祀，神接受祭祀而所以報答滿足人類者是賜福與保佑，在這種人神的交感中，人類對於「自然」與「人生」在心理上便獲到了一種貞定的感覺與保障。這三套神話觀念表現在上古人類的信仰中（如拜物的思想，泛神的思想和多神的思想）是最原始的一種，因為它是產生於一種人類最直接的心理意識——生命的安全與生存的保障，而由這一方面觀察的結果，我們發現上古人類宗教神話之出現，實代表人類意識之一步超越化。而人類「文明」的發生，亦於焉出現。

其次，從社會生活方面來觀察：人類是一種群居的動物，在共同生活的方式之下，人類自然地便形成了社會，社會的結構本質為個體與個體之間的關係組織，為了保障社會之和平秩序與安定繁榮，於是乎雖在上古的人類社會之中，某種基本形式的社會契約亦即形成，並且為了強調這種社會契約的不可侵犯與必須尊重，上古人類多將之歸屬於天神的意志，此在中國稱之為「天理」，在西方則謂之「神律」，上古人類認為天神是人類社會之創造者與維護者，同時亦是人類社會之立法者與司法者，人類社會生活需有一軌道遵循，此即為社會生活之一般方式與風俗習慣。雖然，社會之性質不同，其生活方式與風俗習慣亦異。然而此「理」不變。凡違背其社會生活方式或破壞其社會風俗習慣者，便為有神明，則一人遭殃，大則整個社會受災。故要想經營幸福的社會生活，必須遵行天理，不可違背神律，小心謹慎以敬事天神而無所疏失。然後人類社會的共同生活方式得到充分的保障與福佑。這一套神話觀念表現在上古人類的信仰中亦是極普遍的，且為人類古代社會生活之主要內容，減去它便很難說明上古人類之社會生活，而由這一方面觀察的結果，我們發現上古人類宗教神話的出現復代表人類社會習俗之一步超越化，而人類「文化」的曙光亦於焉呈現。

復次，從民族活動方面來觀察：當人類早期經營氏族或部落生活的時代，各部族類多具有關於其民族起源之神話——始祖降生的神話。這種情形，則一姓，大則一族，所在多見。根據近代民族學者的研究，關於始祖降生的神話，即是一種圖騰的信仰。在中國三代以前民族活動之跡象尚未顯著，三代以後各民族（氏族）已漸次形成，而始祖降生之神話亦由是而興起。古書所載禹母吞薏苡而生禹，商人自信為玄鳥所生，姜源履大人跡而生后稷，是為周人之祖，這種始祖降生的神話，其實際乃是祖宗崇拜，而祖宗崇拜即是圖騰信仰之本質，法人杜爾幹E. Durkheim謂：「圖騰是一種生物或非生物，大多數是植物或動物，這團體自信出自牠，牠並作為團體的徽幟及他們共有的姓」（見李宗侗中國古代社會史頁三），這一套神話觀念（始祖降生或圖騰信仰）在上古人類的信仰中是極虔敬而神聖的，而由這一方面觀察的結果，我們發現上古人類宗教神話的出現復代表人類集體生命之一步超越化，而人類「歷史」的起點在這也得到一種象徵性的基礎與說明。

三、典型宗教神話之本質及作用

所謂典型宗教神話，亦可稱之為後期宗教神話，用以區別早期宗教神話。早期宗教神話是上古人類在文明的原始期所創造運用的一套神話，而後期宗教神話則是在人類文化發展並進入高度水準以後所創造運用的一套神話，也就是在世界上各種宗教正式形成以後，所創造並運用的宗教神話，所以吾人亦稱之為典型的宗教神話。

世界上的各種宗教類多具有一套神話，中國的儒教、道教、印度的婆羅門教、佛教、西方的基督教、回教，皆各有其自己的宗教神話（或多或少，或輕或重皆所不免），雖然彼此之間的內容可能不同，但這只是一種表相的差異性，我們可以不必注意，而在實質上一切宗教神話的產生皆關連著一個問題——宗教目的之實現，這一點則是相同的，也是真的問題所在而為吾人所要把握的。

復次，一切宗教神話的產生既是關連著宗教目的之實現問題，則它「何以能」幫助促成宗教目的之實現，以及它「如何」幫助促成宗教目的之實現，便暗示了吾人一宗教神話之「本質」與「作用」，以下將分別予以討論及闡明：

㈠宗教神話之本質：理性的謊言

關於宗教神話的「本質」問題，一般人好像從來都未予以正視，而只任由一種淺薄而錯誤的觀念左右其意識，人云亦云，習而不察。此所謂淺薄而錯誤的觀念，即是以宗神話為一種迷信謊言，毫無道理，除欺騙世俗之愚夫愚婦及無知小兒外，固不足信。今世之「文明人」自以為理智發達，可以挾其科學知識之大力一舉推翻並破壞此等迷信謊言，因而顯揚其理智，榮耀其知識，殊不知其實或未必盡。這種以宗教神話為迷信謊言的觀念，既為時下一般流行的觀念，本可不必舉例，但為襯托吾人正面的義理，現特舉其典型代表者以為一例。

胡適博士去年在夏威夷參加東西哲學會議時，發表「論中國的傳統與將來」一文，其中論中國佛教禪宗有謂：

「所謂『南派』的整個運動，都建立在一連串成功的謊言與偽造，它所說的包迪哈瑪故事，就是謊言；它所說的二十八位印度長老故事，就是偽造；它所說的由住持衣鉢移轉而決定繼承一事，就是欺詐；它所說的『六名中國長老』的故事，大部出於虛構。但是它最大的虛構故事是禪宗的起源。它的故事這樣講的，釋迦牟尼佛在神鷲山上講道。他僅在聽道眾人的面前舉起一朵花，什麼話也沒有說。誰都不曉得這是什麼意思，但是聰明的瑪哈迦斯雅帕了解他意思，於是向著釋迦笑了一笑。這就是禪宗的起源與開端」（見台灣

（《中央日報》四九年七月二十一日與二十二日第五版譯文）

闡於禪宗的起源，根據佛家的記載：只是釋迦牟尼拈花示眾，迦葉尊者會心一笑，這一件極其簡單的事情便算說明了禪宗的起源，任何人聽了本來都會覺得詫異，或者認為「莫名其妙」，這可能是一種好的反應，不過認為有點不可思議。或者認為「豈有此理」這便是一種不好的反應，認為簡直是荒誕不經。總之，這個說法不足以充分取信於人是顯然的，但是對於這個問題，我們除了懷疑它的真實，指責它的欺詐以外，也許還有更重要的事情可做，這首先需要換一個態度來看這個問題：亦即當我們接觸這個問題時，首先不要急忙地表現自己具有非常的聰明，受過近代「科學理智」的訓練，能夠利用「科學方法」考證，這是一種欺詐謊言，而應該以一種真正的懷疑態度，積極地去思想：它是否真是一種純然的欺詐謊言？它是何意義？有何用心？假如我們能將這些問題思想出一個滿意的答案，也許便會發現從前的態度是很淺薄可笑的，而從前的意見在深一層的思維以後，亦便會發現是非常皮相的，甚至於可以說是根本錯誤的。因為任何宗教神話，就其類似的情形而言，都具有欺詐謊言的成分，但是它必非只是一種純然的欺詐謊言，在欺詐與謊言的背面，它原是具有著一種極嚴肅的意義，而它的用心原也是極深刻的。這便是吾人在本節所要討論的關於宗教神話的「本質」問題。

宗教神話就其表面而言，皆似為欺詐謊言，此雖愚者與有知焉。唯此實屬皮相之見，宗教神話之真實「本質」究極言之，可名之為「理性的謊言」。蓋宗教神話之或不免於謊言，此誠為一事實，然此謊言之本質則終是理性的。何以言之：吾人固知世間一切宗教，其最大與最終之目的在於實現「至善」，為了實現此「至善」之目的，其可行之途徑雖極多，而宗教神話的運用則是其最直接而原始的一種途徑，宗教神話既是為了實現宗教之「至善」目的而運用，是故無論其內容是否欺詐謊言，其本質則必是理性的。此言似乎近於詭辯，然按之義理，其實確當無謬，蓋「理性」之表現方式本有二途：其一為正面而直接的表現方式，其二則為反面而間接的表現方式。宗教神話所表現的「理性」屬於後者，亦即通過一種「理性」的自我否定的方式而完成「理性」之自我表現（彰著）。宗教神話的內容本來都是些欺詐謊言，現在通過這些欺詐謊言（假借而利用之），以求實現宗教「至善」之目的，在運用形式上顯然是一種反面而間接的表現方式，老子所謂：「反者道之動」（四十章），亦正即是指這種「理性」的反面而間接的表現方式。這種方式是一種「迂迴」，同時也是一種「委曲」，當「理性」的正面而直接的表現方式被發現其效用為有限時，則很自然的這種反面而間接的表現方式（「迂迴」與「委曲」）便被用為「理性」的最佳表現方式。而事實上這種迂迴與委曲的方式，在運用功能上常常亦正是一種表現的藝術，並且常常亦是具效用的，老子曰：「曲則全」，宗教神話所表現的「理性」（由宗教神話之欺詐謊言以實現宗教目的之至善），亦正是一種因「曲」致「全」的理性，在這裡面誠然具有一種「弔詭」的理論，但是它確然無疑的亦同時具有一種「矛盾的統一」，故曰：宗教神話者「理性之謊言」也。

㈡宗教神話作用：易曰「聖人以神道設教而天下服矣」（觀卦）

關於宗教神話的「作用」，在吾人認清宗教神話的「本質」為「理性的謊言」以後，便可繼續加以討論。宗教神話在事實上只是一種「方便」與「手段」，它的「作用」耑在憑藉一套「理性的謊言」的運用，以實現宗教之最終目的。宗教之最終目的在於化民成俗，而止於至善，宗教神話的「作用」便在於它能夠促成實現此宗教之目的，易曰「聖人以神道設教，而天下服矣」，這句話亦正即是宗教神話的「作用」的最佳注腳，所謂「神道設教」，即是運用宗教神話以立其「教」，而成其「化」。「天下服」者，謂天下皆入其「教」而服其「化」也。又：管子牧民篇有言：「不明鬼神，則陋民不悟」，此為由反面說明宗教神話之作用，與易經：「聖人以神道設教而天下服矣」，義相發明。試觀並世各大教，由其立教之初，以迄乎今之世，莫不各有其所創造的宗教神話，以及其所始終運用的一套宗教神話，且宗教神話尚在不斷地被各宗教繼續創造，凡此種種其原因皆為宗教神話具有莫大的作用，能夠接引世人入其「教」而服其「化」，世人既入其「教」而服其「化」，則其教遂得以更形充實飽滿，悠久而光大也。復次關於宗教神話如何能夠促成實現宗教之目的，亦即它如何能夠接引世人入其「教」而服其「化」，吾人現在可以從兩方面再將宗教神話的「作用」，予以具體的說明：

㈠宗教神話對於立教的作用：一個宗教的成立當然有各種的因緣，但是「教主」是其中最主要的一個因素，尤其在立教的當時教主的關係最為重大，世界上各大宗教的教主類皆為偉大的「德性」與「智慧」的典型，否則必不能創立宗教也。教主既是這樣的重要，因而有加以超越化與神聖化的必要，而宗教神話亦便從之而起，各宗教類皆有其教主降生之神話或教主行教之神話，便是此中消息。關於教主的宗教神話，可以耶穌基督與釋迦牟尼兩人為例。據說耶穌本是上帝的獨生子，由童女瑪利亞懷胎所生，乃是上帝差遣來的救世主，為替世人贖罪，所以上了十字架，死後復活，回去坐在上帝的右邊，將來還要再來主持

「末日審判」，並實現他的「千年統治」。釋迦牟尼也差不多，據說本來居住天宮，後來降神母胎，從右脅生出來，一生下來便在地上跑了七步，身上顯現光明，照耀十方，宇宙產生六種震動。然後一手指天，一手指地，舉聲自稱：天上地下，唯我獨尊。所以為世尊。兩位教主降生既是如此神奇不凡，其後行教各有神蹟。自然不在話下。關於這一類的宗教神話，其「作用」主要的在於將「教主」超越化與神聖化，而讓「宗教」在創立之初期，便能建立一堅固之基礎以確立其宗教。

㈡宗教神話對傳教的作用：一個宗教既經確立，它是否能夠發揚光大，悠久無疆，雖然亦有各種因緣，但是繼續不斷的創造並運用繼起的宗教神話仍為其中一個主要的因素，這復有兩方面：在講說方面：一般宗教皆有一種天堂地獄的神話，繪聲繪影（此如佛耶兩教天堂地獄之說可為代表，他教亦或有之），並有一套祈福禳災與善惡報應的神話，言之鑿鑿（此如一般宗教之祭祀、祈禱，常有神驗產生，或顯現某種啟示，至於善惡各有報應，尤為各教之通說）。在行為方面：

則有一些表現「神通」或「奇蹟」的神話，儒家本是「人文的」宗教，最不表現一般宗教的神秘性，但世傳二十四孝的故事，便是儒者傳教之宗教神話，而關公顯靈與包丞降世的故事（兩人分別代表忠義典型），亦何莫非宗教神話之宣傳乎！儒教如此，他教更不論矣。其中佛教關於行為表現「神通」與「奇蹟」的宗教神話特多，幾乎每一佛經中皆充滿了這類宗教神話，例如：說無垢稱經（即姚秦鳩摩羅什所譯維摩詰經之別出）卷六，觀如來品第十二：

「其無垢稱，既作是念，不起於床，入三摩地，發起如是殊勝神通，速疾斷取妙喜世界，置於右掌，入此界中，彼土聲聞及諸菩薩人天大眾，得天眼者，咸生恐怖，俱發聲言，誰將我去，誰將我去……」

這裡所載的是無垢稱所表現的神通，他所以表現這一手神通是「為欲饒益此界有情」；而他表現這一手神通的作用，是使得「堪忍土中八十四那庚多數諸人天，同發無上正等覺心」（並見同上引），一般宗教神話的作用與無垢稱表現神通的作用是一樣的，都不過是為了傳教所行的「方便」，所謂「為欲饒益有情」，而令眾生世人覺悟得救耳。

四、宗教神話如何可能之合法性基礎及其創造與運用之依據

在本節裡面吾人所要討論的問題是經由理性的反省（不取理性的獨斷方式）以答覆有關宗教神話的創造與運用所憑藉的前題；並從而推論宗教神話的創造與運用所必須獲得的保證。前者是宗教神話所以「成立」之客觀理由（或條件），後者是宗教神話所為「運用」之主觀依據（或條件），請從而論之：

㈠宗教神話所以成立之客觀理由

宗教神話之所以成立，在理論上只能有客觀的理由，因為就宗教的主觀言，宗教本身可以不必有此要求，至少在理論上是如此（宗教之「教義」是必須的，但「宗教神話」則並無理由可以證明為宗教之主觀所必須）。然則宗教神話所以成立之客觀理由是什麼？復可分兩方面來加以說明：

㊀在消極方面：宗教神話所以成立之客觀理由是因為人性中有脆弱的一面，同時人生界也有苦罪的一面。雖然在理論上人性的脆弱與人生的苦罪可能被否認。但是在現實上則是真實而具體的真理，未可一概抹殺。莊子齊物論有謂：

「喜怒哀樂，慮歎變慹，姚佚啟態，樂出虛，蒸成菌，日夜相代乎前，而莫知其所萌，已乎已乎，旦暮得此，其所由以生乎……一受其成形，不亡以待盡，

與物相刀相靡，其行盡如馳而莫之能止，不亦悲乎，終身役役，而不見其成功，茶然疲役，而不知其所歸，可不哀邪？」

這一段話便充分暴露了人性的脆弱與人生之苦罪。人生之苦罪有其概然性，就現實之人生來講它是一個概然真理，但是追本探源，人生之苦罪是以人性之脆弱為根源的，兩者二而一，一而二，佛教肯定人生的本質是「痛苦」，基督教肯定人性中先天地具有「罪惡」，二者之立說雖各有所偏激武斷，唯其初意皆不過為說明人性有脆弱的一面，人生有苦罪的一面罷了。亦即人性總是不免有遺憾的成分，人生總是不免有可歎的成分，對於人性中遺憾的成分與人生可歎的成分，人類自己是未必能夠完全克服的，因為「人」的存在本身是有限的，現實也總是殘缺的。適應這種情況，宗教神話便在消極方面獲得了它成立的客觀基礎，因為它能夠彌補人性的脆弱，慰藉人生的苦罪。

㈡在積極方面：宗教神話所成立之客觀理由是因為人性之超越性與人生之理想性。德哲叔本華所謂「形而上的要求」，即是指人性之超越與人生之理想而言，「形而上的要求」在一方面固然是哲學產生之基礎與前題，在另一方面亦正是宗教神話所以成立之基礎與前提。蓋人性與人生之不圓滿既為真實而具體的真理。則由於心理發展之邏輯，必然對於「超越」與「理想」同時具有強烈地要求。人性之脆弱，常使人積極地要求擴充人性之內容，或在客觀而超越方面尋求彌補與救助，希望有一種超人格的偉大而神聖的力量存在，可以彌補救助主觀人脆弱與遺憾的部分；同樣人生之苦罪亦每人積極地要求超拔現實之苦難，或在客觀而超越方面尋求憐憫與救助，希望有一種超現實的偉大而神聖的力量存在，可以憐憫與救助現實人生之苦罪與災難。這種情形原是人類心理的一種自然現象，中國人在窮急困難時每呼天呼父母（祖宗神靈之保佑）；西方人在遇到危險困難時則禱告上帝，便是這個道理。適應這種情況，宗教神話便在積極方面獲得了它成立之客觀基礎，因為它能夠滿足人性之超越性與人生之理想性，亦即它能為人類提供超越而神聖之精神力量與滿足也。

㈡宗教神話所為運用之主觀依據

宗教神話所為運用之主觀依據，唯是存在於德慧人格之主體自覺。所謂「德慧」者，德性與智慧之合稱也。世界上一切偉大的宗教其創立者皆為偉大的「德性」與「智慧」的人格典型，而一切宗教神話亦唯有偉大的「德性」與「智慧」為能創造而運用之。中庸曰：「苟非至德，至道不凝焉」，義可參證。蓋如前文所陳述者，宗教神話就其作用言既為「神道設教」以服天下，可見為天下之一種「至道」無疑。然則苟非「至德」則必不能為也，明矣。大易所謂：「聖人以神道設教而天下服」亦正為聖人乃天下之「至德」故「至道」凝，而能以神道設教，創造而運用一切之宗教神話也。抑更進而言之：宗教神話的「本質」如上述既為一種「理性的謊言」，則如何運用此種「理性的謊言」亦實非一單純而輕易之事體，而必須在主體上建立某種原則以作為運用之依據，從而保證其在運用此種「理性的謊言」時㈠能在「用心」「目的」上無乖謬；㈡能在「方向」與「途徑」上無歧出。關於宗教神話（理性的謊言）的運用，其所依據之原則分別言，雖可有許多項目，但約而言之，總不外「德性」與「智慧」兩者：

㈠宗教神話的運用必須以「德性」為本：從宗教的立場來看眾生世人都是既「無知」又「可憫」的，唯其「無知」與「可憫」故需要「教訓」與「拯救」。一切宗教的教義儘管內容不同，但其同為教訓世人、拯救眾生之「用心」與「目的」則是一樣的。宗教神話在事實上是輔助宗教教義之不足，故其「用心」與「目的」亦唯在教訓世人與拯救眾生。因為眾生世人在本質上是既無知又可憫，因而是被成就的對象。唯眾生世人既被設定為「無知」與「可憫」，而所以「教訓」與「拯救」之者，又為一種「理性的謊言」，則假如創造運用「宗教神話」的人格主體在「用心」與「目的」上稍有乖謬，一念不純，便全盤皆非矣。蓋眾生世人之「無知」與「可憫」一方既是被成就的對象，一方亦正可能被宰制的對象。大易所謂：「差以毫釐，謬以千里」，故此必有所辨也。試觀我國道教之創立：東漢順帝時有張陵（或作張道陵。傳為子房八世孫）者，客於蜀，學道雞鳴山中，得異人授以天書，出而行其符水禁咒之法，謂能以驅邪去災，刀兵不入。當時從其學者需繳五斗米學費，時人稱為五斗米道，其徒稱陵為天師。至陵之孫張魯時，於東漢末年盤據漢中一帶，裹脅愚民，卒為東漢末年之民亂，其敗壞天下蒼生者，何可勝言哉。又觀西方中句紀時之基督教，當時教會領袖（教皇）所繼續運用的一套宗教神話，雖然在內容上與當年陪伴耶穌基督行教而產生之宗教神話並無分別，但是顯然在「用心」與「目的」上大相逕庭，而深異其趣，其為之烈且巨，已為天下之所共識。凡此並足以證明宗教神話之創造與運用實非一單純而輕易之問題，而必須在主體上確立某種原則以作為運用之依據，本節所申論之「宗教神話的運用必須以『德性』為本」，正為保證宗教神話的運用在「用心」與「目的」上能正確而無所乖謬，並從而圓滿成就「宗教」之「效用」也。

㈡宗教神話的運用必須以「智慧」為「用」：如上所述宗教神話乃為輔助宗教教義之不足，以期成就宗教之「效用」而實現宗教之「目的」。宗教以實現「至善」為目的，故宗教神話的運用亦必以「德性」為本。唯宗教神話在現實中之具體運用與發展乃屬於「存在」中之事，德哲萊布尼茲有謂：「凡物一旦成為具體的存在，便是無窮的複雜」，然則如何保證宗教神話的運用在現實中之發展能始終合理，而在「方向」與「途徑」上無所歧出，乃是一個極其重要的問題。而本節所討論的「宗教神話的運用必須以『智慧』為『用』」便是提供這個問題的有效答案：然則「智慧」何以能夠保證宗教神話的運用在現實中之發展能夠始終合理，而在「方向」與「途徑」上無所歧出？此首先需要了解「智慧」為何物？以及智慧之本性與作用為何？智慧之本性為「明」為「覺」，亦即謂此「心」（主體心靈）之「清明」與「自覺」是也。智慧之一般作用在於察識知識，妙物為言，指導方向，提供理想；而智慧之特殊作用則耑在輔助成德之行。蓋「德性」與「智慧」二者必須相互為用，方能圓滿成就德業也。有德而無智，固不足以成事，有智而缺德，則尤足以害事。故無論就「人格」或「事業」方面言，「德」與「智」皆必須圓融一致。孟子公孫丑上曰：「昔者子貢問於孔子曰：夫子聖矣乎。孔子曰：聖則吾不能，我學不厭而教不倦也。子貢曰：學不厭智也，教倦仁也，仁且智，夫子既聖矣。」由子貢贊夫子之言，可證欲圓滿成就聖人人格必須「德」與「智」圓融一致（仁且智）也；又孟子公孫丑下曰：「周公使管叔監殷，管叔以殷畔。知而使之，是不仁也；不知而使之，是不智也。仁智周公未之盡也。」周公為古之聖人，然於處理管叔監殷東方遺民事，略為不智則畔亂以起，而骨肉因而相殘，可見欲圓滿成就一客觀之事業，亦必須「德性」與「智慧」所以必須相互為用，而圓融一致，然後方能圓滿成就德業者，可以王陽明致良知之說予以更深切之闡明，陽明曰：「所謂致知格物者，致吾心良知之天理於事事物物也。吾心之良知即所謂天理也。致吾心良知之天理於事事物物，則事事物物皆得其理矣。致吾心之良知者，致知也。事事物物皆得其理者格物也。是合心與理而為一者也。」（答顧東橋書）「……物即事也。……格字之義……如格其非心，大臣格君心之非之類，是則一皆正其不正以歸於正之義。」（同上）

陽明所講致知格物之義，正即是「德性」與「智慧」圓融一致以圓滿成就「德業」之謂。良知即虛靈明覺之心體是也。吾心之虛靈明覺即是一切德性行為之源頭活水，故凡屬智慧必然活潑潑地，而不容稍有滯礙，所謂常惺惺，亦即念念自覺以便破除現實存在中之滯礙執著也，至於佛教禪宗之祖師禪，其一棒一喝，亦無非以「智慧」破「執滯」也。蓋執於現實之佛祖如來，或滯礙於現實之佛法經典，乃至一切的一切，苟非智慧之清明自覺，則皆不能保證其必為合理而無歧出也。是故欲圓滿成就一切「德業」，皆必以「智慧」為用也。智慧之本性與作用既如此，則對於宗教神話的運用來講，它必然能夠保證宗教神話在現實中（經驗界）之運用與發展能夠始終合理，而在「方向」與「途徑」上無所歧出也。總之：宗教神話的運用必須以「德性」為本，以「智慧」為用，否則「用心」與「目的」既乖謬，「方向」與「途徑」亦將歧出也。

附註：近世共產主義之理論在本質上亦為一種宗教神話的運用，唯其無論在「用心」與「目的」上，或在「方向」與「途徑」上皆乖謬而歧出，德性之主體既未真實建立，智慧之圓照亦未周洽精微，故其道虛妄不實，粗疏不精，所謂似是而非也。

其次，在本節末擬再將運用宗教神話之具體原則略為一述，此即「契機」與「契根」是也。所謂「契機」者，在適當之時機運用適當之宗教神話。亦即「當機說法」之謂也。佛經曰「當先入定，觀苾蒭心，然後乃應為其說法」（說無垢稱經聲聞品第三）

者是也。易經有「時中」一觀念，在實際運用宗教神話時，這是應該遵守的具體原則之一。所謂「契根」者，對象不同，宗教神話的運用亦因之而異。亦即「隨根設教」之謂也。說無垢稱經曰：「應先了知是諸苾蒭意樂……勿不觀察諸有情類根性差別，授以少分根所受法」（同上引）者是也。易經有「位中」一觀念。在實際運用宗教神話時，這是應該遵守的具體原則之二。關於運用宗教神話之具體原則，因恐篇幅蔓衍，此處但略為一提如上，讀者可思想得之也。

五、結論

關於宗教神話吾人所陳述的，到這裡為止已算告一段落，現在只想提出三點意見，作為本文之結論：

㈠對於宗教神話永不可以理智的態度索解：為在根本上宗教神話只是一種「方便」。所謂「方便」者，即為一種假借之手段也。說文曰：「假借者，本無其字，依聲托事」，宗教神話在根本上也儘可是本來無其事，只為輔助教義之不足，與實現宗教至善之目的而方便假借運用的，所以吾人對於宗教神話知其既為方便言之，則亦儘可方便信之。蓋本非害事，則何必以智穿鑿，而傷大體？

㈡宗教神話原則上可以被肯定運用：因為宗教神話的本質為一種理性的謊言，其作用則是神道設教以化民成俗，而成就宗教之效用。此如母親以糖果騙誘兒童吃藥一般，其目的只在去病全生，苟能實用而有益，則必無理由批評反對也。眾生世人由宗教的立場來看，其情形正如一種病態的兒童，為了啟發他的無知與拯救他的罪業，而運用宗教神話以輔助教義，傳授福音，苟實用而有益，則亦必無理由批評反對也。而宗教神話苟以德性為本、以智慧為用者，其效用實屬真實而有益，故原則上為可以被肯定運用也。

㈢在太空時代宗教神話仍不失為一人類智慧與靈感之源泉：因為目前的世界科學技術突飛猛進，醫藥衛生與太空乘具同時高度發達，唯此皆只是外在之事，亦即皆只是人類擴張其權力，以征服外在之自然而為吾利用之事。如此則雖生活之營養資具充分發達，而生命之源泉則日形枯竭，此而不亟為之謀，則人類生活之擴展只是生命之膨脹，終有爆炸毀之一日，此乃物理之自然而必然也。今日世界之特徵，厥為外在緊張，內在空虛；外在熱鬧，內在寂寞。從表面的「未來」看，似乎是樂觀的，喜劇的，而其實乃為一極大的危機與悲劇。人類對「福音」的需要確未有甚於今日者，因為人類文明之高速躍進，已使人類失去了掌握自己未來命運的權力，上帝正在皺著眉頭冷觀著人類與世界，在必要的時候，祂將顯現祂偉大而神奇的力量，「聲音」必將出現，或者來自「曠野」，也可能來自「太空」，來自曠野的是呼喚，來自太空的是警告。無論來自曠野與太空，對於人類都將是最實用而有益的宗教神話，吾人應該肅慎其心，嚴敬以待，則人類未來之前途命運，庶幾乎耑在於是矣。

／其詩／

王百谷詩作十一首

一、楹聯

荒園野墅乾坤大
福地洞天日月長
壁虎　蟑螂　小老鼠
烏龍　酒鬼　老散仙
尸居龍見
淵默雷聲

二、感懷

天下皆醉我獨醒
廣寒深處影自單
自古真情終遺憾
千山獨行路迢迢

三、木雞

百無聊賴
一籌莫展
仰天而歎
意興闌珊

四、尸居

形影相伴
寂寞自甘
淵默雷聲
尸居龍見

五、希言

神佛自在
鳥獸同群
希言自然
天清地寧

六、希聲

從容論道
大音希聲
成和之修
與物為春

七、空谷

放浪江湖
歸隱山林
空谷足音
藍天白雲

八、浮游

高處不勝寒
登峰拔頂尖
四顧何茫茫
浮游天地間

九、天問

嗚呼！
生老病死
春夏秋冬
誰為為之
悲歡離合
貴賤窮通
孰令致之

十、卜居

嗟夫！
禍福吉凶
何行如之
榮辱成敗
云何處之
是非善惡
惡乎知之

十一、體道

大哉
盈虛消長
日月晦明
因而循之

有無存亡
古今旦暮
乘而化之

至矣　盡矣
不可以復加矣

其人

天羅地網／呂岸

《中央日報》七十五年五月二十三日

一

最適合尋訪王老師的季節是冬。假如終身學老的他剛巧不在，則你可以合理的想像他是騎牛出函谷關，咆哮的冬風裡巨竹嘎嘎，那樣悽厲，而又真實，像他拚命要擠出他的五千言。

但王老師總是令人失望的騎著黑色速克達回來了，流傳三千年、穿裂無數士子耳膜的五千言還是沒有。於是我們對望著，赧赧進到他玄色系的寢室；天地一子宮，外面或風或雨都不管了，我們只能用高音量的笑聲，銳利的話頭互鋸，心裡明白出不了「玄牝之門」，大家都還是子宮裡打滾、翻筋斗的憊賴小兒。

畢業後，王老師形容我的一貫用詞是「混」，而每隔一段時日相見，我卻總覺他青腮的長臉又圓了些，有時甚至在上面透出春日的和煦，「如嬰兒之未孩」。

記得一次返校看他，我在宿舍撲了空，他在研究室聽說我來了，搖搖晃晃從研究室往宿舍方向走來。遠遠地，就聽到乾啞的聲音笑道：「我現在是老眼昏花、老耳昏花、老腦昏花嘍！」那聲音，與其說是浩歎，不如說他返老還童，連「老」都可以成為百無聊賴中的自娛之樂了。

他其實並不那麼老，只是厭惡慣了制度、體系，以及結構謹嚴、法相森森的一切，所以等不及要過過「為老不尊」的癮。這正如他夙負聰明，從年輕時「鳳鳥式的文明」到了他手裡，向來就只有被「遊龍戲鳳」的分；其至莊子，也不過是老子疾病中的一種。玩弄妙徼、出入有無，玄之又玄了三十年，「編織的男孩」終於把自己也編進網羅當中，以身證道了！

好的是王老師擅長「的——溜」的藝術，眼見網羅將成，便的溜——滑到了另一根枝椏上。於是無覺時不斷賣力編織，知覺後恆常的溜逃竄。在理論上，他向來是「才立便破」，在一家言，固所不為；領風騷人，亦大不屑。但現實上，來台後娶妻生子的三十年，究竟是他時時抖落沾滯，還是不斷跌入更大網羅的三十年？恐怕連王老師自己也只有「欲辨忘言」了！

二

風，從來不在文學院牆外的樹梢上駐足，只是猛烈的搖撼著夜晚。某一個晚上，王老師提到來台後的三十年，感覺上比重慶八年過得還快。然後，毫無預警的，他掉下兩行清淚——像是為了飄零的身世淒涼，其實也為虛張了三十年的網羅。那個晚上究竟是怎樣結束的，已記不清楚，只記得寒風在樹梢上竄得很急；冬天的夜裡，大塊大塊從這頭呼嘯到了那頭，從那頭又號咷回這頭。然而我們都沒再說話，到處是跌撞的風，到處是綿延的夜，冬天還有多長誰都不知道。

大概總又是尷尬的沉默中結束的夜晚吧！然而我給終相信老師年輕時是有企圖的。他雖然一貫鄙夷「點著日光燈做學問」、「用腦不用心」的書生，但從他們夫婦當年一個攻老、一個治莊，在流亡學生物質極端艱困的環境下，苦心逸志，自植靈樹，流離顛沛在在成為真實無妄的慧命。瞻望宇內，這對年輕夫婦是想聯手布下一張天羅地網的。

此後經年，正如王老師在H大成為一則等閒不能親近的神話，唐老師在C大也成就了一段凡俗難窺全豹的古軼事。王老師上起課來，或站、或坐、或憑几支頭、或據梧苦思，無所不用其極，兩堂課下來，往往把自己弄到油盡燈枯。但只要學生趨前執禮，他立刻便又擺出一副羅剎面孔，嚇得學生只好亦步亦趨跟著奔出了教室，在走廊上且鬥且走，臨了，仍是頂著一頭露水回家參。

換了有燕趙之風的唐老師，斬釘截鐵雖然不遑多讓於王老師，虎虎生風之餘，他卻比死活不理，但渡強者的王老師多了一份菩薩心腸，幾十年來數不清教過了多少學生，他老婆心切納悶的只是：「怎麼理想主義的精神都到哪去了？連大學裡都是一代不如一代？」

三

「一個聰明」、「一個有性情」是二十年前王老師與唐老師共同的老師牟先生對他們夫婦分別作下的評語。當年，他們既瞧不起「翱翔於蓬蒿之間」的燕雀之屬，棄卻自家珍藏，栩栩然大師再世，以西洋學說為各自臉貼金。但是與此同時，他們又無法同意用西洋方法來打扮中國學問。在舉世滔滔翹首西望的時代，兩個離鄉背井的年輕人，除了以聰明、以性情來堅持對故鄉的記憶，還有什麼能夠成為他們怙恃的呢？

畢業後，唐老師留在C大當助教，生活雖苦，但這位遠從湖南來到南台灣的才女，在精神上卻展開了與學生時相往還，互有辯難的逍遙遊。遠在東部中學教書的王老師就沒有這樣的運氣了，他當時騎著腳踏車，每天頂著寒風上下課，鎮日縈懷的問題只有兩個，一個是神，一個是美。

「兩個都是沒有生殖能力的！」王老師的業師牟先生這樣警告他。不管這個警告後來是不是幸而言中，牟先生當時恐怕也知道要這個愛徒回歸道德理想主義的正途是不容易的。更何況除了王老師之外，牟先生再也沒有第二個離經叛道的學生了；所以在王老師面臨失業時，牟先生不顧陰雨綿綿，拿著雨傘當即出門為學生找事的急切，也是獨獨為此一人。「情在、恩在、義在」，王老師每當念及既往，總是不勝唏噓憮然。

「義在」，這是一個與自己老師講義氣，儼然分庭抗禮的學生。「恩在」，這又是一個與老師親如父子，孺慕不已的學生。「情在」，這還是與老師宛如男女相悅，可以調情逗樂的學生。這樣複雜糾結的感情，我不知道當初唐老師怎麼可能為自己的丈夫把它傳達給自己的老師？

自此之後，照一般的說法，王老師算是被自己的老師逐出門牆了！但是第一，牟先生有幾道門牆，這門牆是由內往外數，還是由外往內數？是誰也不知道的事。第二，老師可以把學生逐出門牆，但學生就是想把老師逐出去，他的牆上也是沒有門的。

四

假如老、莊活在當世，面對這百年來無經也無權的世局，反無從反，遊無從遊，沒有了遊戲規則以後，甚至連自己跟自己玩都成了不知伊於胡底的連續劇。天網恢恢，疏而不漏，試問深情如老、莊者，反則得咎，遊則無友，要想一舉而囊括宇內，面對的又是源源流出的生產線，除了廢然長歎之外，不為無益之事，又當何以遣有涯之生呢？走在交通堵塞的通衢要道上，如今那裡是老子的函谷關？瀏覽滿街琳琅的塑膠製品，那裡又是——莊子高高舉起雙手，可以一鼓為快的盆缶呢？

無經不可以為權；而經，在這樣的世代？可能嗎？若無函谷關，則無五千言；若無盆缶，則無快歌；不管函谷關與五千言何者為經，何者為權，這其實是非常簡單，也非常公平的交易。但這項交易法則在眾多海外學人大合唱浮雲遊子的時候，往往卻被聽眾忽略掉，忘了這裡還有些「海內遊子」。

海外遊子長年飄盪異邦，他們在國外大學裡辛苦攀爬的過程是感人的，人到中年，他們恍然悵然不知今夕何夕、枕邊誰人的尷尬，就像行文中的逗點一樣，只有埋身外國公墓才是他們人生的句號。而「海內遊子」呢？他們排除出國的必然命運，在資訊堵絕而人潮洶湧的陸地上潛心逸志，想像自己頭出頭沒於汪洋巨肆、狂濤駭浪之中，他們的人生是一連串無休止的頓號。資訊中斷，一頓；柴米油鹽，一頓；此間人士明明說的中國話，卻怎麼看怎麼不像中國人，又一頓；五千年歷史的民族，淺薄無聊，粗鄙野蠻直令人舌橋不下，再一頓。頓呀頓呀，人生居然也就頓到了兒女成行，句號不遠。

活在當世，而想要了解我們的世界，像老子、莊子了解當時的世界，事實上是海內、外都不可能了。但海外學人半身羈旅，他們是根本放棄了那樣的指望，而留在海內的，堅持中國，不料卻是離中國更遠了。

五

王老師其實不待業師驅逐，早已把自己驅逐到漆黑苦寒的冬夜裡逆風撒網了。「眾人熙熙，如享太牢，如春登台，我獨泊兮其未兆」，也許他們當初是選錯了立足點，一撒再撒，逆風中捕到的始終只有自己扭動跳脫的身體。但王老師曾有「碧海青天夜夜心」的自況，這顆苦寒中溫燙的心是想要寫經的。

對於「為往聖繼絕學」的儒者而言，當世寫經之難，難於蜀道。對道家而言，所幸他所需要的只有五千言，雖然這並不代表它就更容易些。

但起碼五千言不成的話，老子裡還提供了「昏昏悶悶」的智慧，讓王老師可以甘於隱姓埋名，長在天地之間。隱姓埋名，甚至剔姓還父，刮名還母，那或許正是王老師心中所想。

布衣大老／侯吉諒

「然而我始終相信老師年輕時是有企圖的。」

從來沒有，也不敢問他的過去，無論是教室內還是課堂外，他那種睥睨一切的義理常令人覺得，去問他「家住那裡今年幾歲」之類的事不但低俗而且無聊——雖然他的傳聞很多，有的更幾近神話，讓人忍不住有許多許多的好奇。

好不容易五、六年了，有這麼一個他鐘愛的，也了解他的學生開了這麼一個頭，才大膽的問他什麼是年輕時的「有企圖」。

「沒錯，」倒是他直言不隱：「我年輕時是想開學派的。」

開學派？——我又一頭霧水了。明明是簡單明瞭的三個字，偏偏又像他教室內外一貫的作風：高曠，而又天馬行空。

「我們那時候是有一群人」，他當然知道我不懂，也不會懂，所以他說，像那個誰啦，某某還有某某，都是「那一群人」。

《自立晚報》七十六年四月三日

誰是誰，某某是某某也就不用提了，反正就是這麼一回事：不管是誰，還是某某，說出姓名都會讓人「啊」的恍然大悟。以他們現在的成就和名氣，全部加起來的話，怕不成了某種角度的「文化霸權」？開學派的企圖固然驚人，但也不無可能。

問題是，他不年輕了，學派也沒開成。而企圖，也就沒有了嗎？

第一次聽到他的名字，是在我考上中興那一年，六十七年夏天，七月。

鄉裡面那位歷史系的女孩來我家告訴我中興的食衣住行以及校風總總，說著說著便提到中文系有個「精彩絕倫」的老師，教論孟和中國思想史，旁聽的學生多得不得了，連東海逢甲的學生都老遠跑來，就算準時也找不到位子坐呢。

然後就講了一大堆他如何如何精彩的故事。「可是，」在驚訝歎服之餘，我不免懷疑：「他為什麼不寫文章為什麼不發表呢？這種真知灼見為什麼只讓他的學生知道呢？」我甚至認定：以入世的觀點看，這位以老莊為本的老師，只是做到「無為」，而沒有真正貫澈「無不為」的精神。

然後她又講了一大堆他上課時說過的話，我雖然沒有改變我的「判斷」，卻又覺得，在自己沒有好好念過論孟老莊之前，沒有資格去聽他的課。

開學後不久，我加入興大青年社，馬上從社裡中文系學長口中聽到更多他的故事，每個人講的事情不同，話裡面的讚歎佩服則一。

大二，我認識了書畫社的神農和阿昭，都是特立獨行的人物。神農念農教系農機組，卻一天到晚待在國畫社裡面泡茶，用毛筆寫信和念他的「哲學三慧」「說中國文化之花果飄零」和中醫，偶爾還幫膽大的同學針灸推拿；阿昭念環境工程系，卻畫得一手「有唐宋古風」的國畫，篆刻書法無一不精，中文系一年一度的「中文系」之夜還穿起白色唐衫上台唱了幾首聲佳韻足的民謠；平常大家扯淡的時候總免不了拿這個老師那個教授當話題開心一番，只要提到他，阿昭和神農的口氣就莊重起來，平常沒有什麼可以大不了的神情都忽然變得是有什麼非常不得了。但在只聞其事不見真人的情況下，我實在還是無法對他有什麼具體印象，只是更加肯定：趕快多看一點神農阿昭他們所談的書，不然真的沒有資格去聽他的課。

大三，我開始真正投入校刊編輯，也帶一些學弟妹們。而一個星期總有兩次，也就是他上課的那兩天，總會有人在社裡面提到他上課的名言和趣事，然後七嘴八舌的把他講得又神又玄，而我，還是沒有看過他。

大四那年，我搬到校外住，一方面在八個學分的清閒裡享受寫詩和練書法的樂趣，一方面開始意識畢業的感傷和前途的茫然。而與青新任社長莊泰忠每隔一陣子便帶領一群社員到我那裡談編輯說寫作，還有更多更多的閒扯淡。

有一回，泰忠提到去旁聽論孟而覺得獲益良多，我突然驚覺：再不去，恐怕沒機會了。就在那個星期五的中國思想史上，我必恭必敬的聽了「如聆綸音」的三堂課，課後，又以「如何可能成為聖人，有什麼意義」的問題，從他滿布灰塵、席德進的素描和朱龍安的字被風吹得嘎嘎作響的三樓研究室談到他古老破敗，新樂園的煙蒂丟滿一個牆角堆積如山的單身宿舍……

從那一個月色昏暗而群星閃燦蛙鳴如雷的夏夜開始，從他「你為什麼要想這個題目，聖人只不過是一個人物的典型，也許聖之時也，聖之清也……」的回答開始，我就老是覺得，他在動心忍性。

無論從那一個角度看，他的確都是那種「窅然空然，終日視之而不見，聽之而不聞，搏之而不得」的無心逝世之人。每天就見他既不端架子也不故示親暱的在中興的校園裡東張張西望望，人世間的寵辱禍福彷彿只是他煙灰缸裡面的新樂園——一堆灰罷了。都與他無關。

他就真的這樣日復一日月復一月年復一年的，得失興慶皆不到己的東搖搖西晃晃的，做他的紅塵之外的人間神仙。

然而，以老子思想為自己生命種性的他，恐怕無法真正做到無為無不為，我真的很懷疑，如果真的可以無為，那又何必在課堂上為一個遲疑迷惑的表情把一句論語或孟子講得聲嘶力竭，又何必在宿舍內陪我們這些毛頭小子一遍又一遍「天下沒有不能講的話，只有不能聽的耳朵」的蓋到三更半夜眼紅舌大呢？

他是真的疼學生沒錯，怕的也是年輕的我們徒然只有純真的性情而無法在思想上人格上成長，但，這種嘔心瀝血的傳道授業解惑，就真的只是在盡人師之責嗎？

可是那誰誰也不敢問他。問了以後能如何是另外一回事，更重要是誰也沒有他那洞察人心世事的智慧，以及可以跟他辯、跟他談應該如何如何的才學和口才：有一次，我用一個少小離開大陸家鄉，卻又幾十年念念不忘舊時情人的故事來揣測他那種「碧海青天夜夜心」的心情，還是被他一眼看出：「你這小子，是在寫我嘛！」是啊，是在寫他沒錯，可我也沒寫對，「足夠後半生回憶」式的初戀和他那種苦寒中溫燙的傳道的心情比起來，究竟是太膚淺了。

問題是，就算真的寫得深刻了，那又怎樣？——「這顆苦寒中溫燙的心是要寫經的」，「他是生到這世間來祖述聖賢微妙玄通的理論，演申千古如實究竟的法相」之類的話，都有人說過了，他還是這般吊兒郎當的化解了諸多咄咄進逼的言辭：「我就是偏偏這麼倒楣，有你們這些會寫文章的學生！」

這言下之意再明顯不過了，我們的「操心」不過只是在替他惹麻煩而已！他也不是不知道，我們是有一些希望，希望他能夠「復出江湖」，因為我們始終打不開的心結是：在科技掛帥、名利取向的潮流中，中國文化需要有些人來「劍及履及」的肯定和提倡；他的修養和才學，在天生才情的烘托下，有客觀的條件指引中國文化一條現代的生路！

問題是，心急的是我們，令人心急的也是他：「孔子周遊列國，門下有七十二大弟子，但，別忘了，真正把儒家推到另外一個高峰的，還是兩百年後的孟子啊……」能怎麼說呢？

那一次，他問我有沒有看過李澤厚寫的《美的歷程》，並鄭重推薦且頗為責備的要我一定要去看，不，好好讀一讀「文學院幾乎人手一冊」，而我竟然一無所知的好書。

五、六年來和他接觸的經驗中，除了一次又一次的歎服他的才學才情外，記憶最深刻的，無非是有一次他說：「我三十歲以後不買書，三十五歲以後不看書！」這話也許有點誇張，不過以他足成一家言的修養，夠資格讓他看的書，恐怕也真的不多。

事實上，被國際漢學界驚為天才之作的《美的歷程》，的確是一本好書。能夠把中國五千年來文學藝術思想的潮流脈動，結合社會現象的變遷而整理出脈絡可尋的歷程，確是打開了研究中國文化的一條新路，也難怪他要如此慎重其事的推薦。

「你看你看，真的好啊！」告訴他研讀一個月的心得，他還在叮嚀：「要看書啊，只有學問，才能真正歸於自我，而又同時永恆存在……」

我幾乎只有在這種時候——在幫我們這些為前途茫然迷惑的學生端正出一個可以安身立命的遠景的時候，他才讓人覺得他在乎什麼：「只有學問，才能真正歸於自我，而又同時永恆存在。」

李澤厚的成就是現成的例子：三反五反以及文化大革命的摧殘，並沒有妨礙到他自己的追求，沒錯，當世局動盪不安的時候，那就把它收起來，歸於自我，而一旦平靜些了，不會傷害自己了，再讓它永恆存在不遲……

他總是這樣教我們，「先學會游泳，然後才有資格說懶得游泳」，在現實生活中先求得立身之地，然後再想辦法專精志業。

能怎麼說呢？這一切進退之道他都比誰清楚，也比誰都會在波濤洶湧的江湖中游泳，而他，偏偏就是懶得游泳！

「可是……」終於，那一天晚上，在他每個月月初或月底才來小住一次的花園新城四樓公寓的陽台，我鼓起勇氣大膽戳向長久以來的禁忌：「如果有機會，我的意思是，有了足以實現您心中理想的機會，您會復出嗎？」

他定眼瞪視闇暗的山巒，久久不語。

突然，他噓了一口氣，轉過頭來問我：「有沒有聽過曾國藩父親的故事？」

我搖搖頭，保持沉默。在他開口說話之後，除非道理已經闡明，我一向懂得保持沉默，即使上一句和下一句之間，他可能閉口不言長達半個鐘頭。幾年來，我已深知唯有如此，才能獲益最多，因為「思想就跟數學一樣，小數點也不能少」，他固然可以講得精密準確，問題是我們常常在他不斷的層層剖析裡，才發現原來在他面前我們可能連發問、問得明白的能力都沒有。

「曾國藩的湘軍立功之後，官拜兩江總督，雖然不是一人之下萬人之上，但實際上以他的功勞，可謂權傾朝野……」他停下來想了會，突然改變話題：「你是個詩人，有詩人特有的直覺……」

我方凝神傾聽，突然被他這麼一問，卻不知他究竟何指，連點頭稱是都不敢貿然。

他又繼續說：「中國古詩是一切文字語言的極致，而其中的五律七律又最為精華，而五律七律的精華乃是對子……」

「有一年，曾國藩為他父親做生日，」他話題一轉，又回到原來的故事：「曾國藩的父親生日，當然滿潮文武都來送禮道賀，其中有一個人寫了一幅對聯……」

「曾國藩的父親是個不識字的鄉下老頭，兒子雖然功在朝廷，但面對當前的權貴達人，他仍自顧自的縮身在太師椅上喝茶出神……」他也喝了一口茶，也出了一會神：「什麼大貴大官，兒子的功勞有多高，他其實無法了解……」

「但那幅對聯寫得真好……」他說：「上聯是：齊家、治國、平天下；兒——輩擔當！」

好大的氣魄！我不禁暗暗吐氣太息，心中背誦，眼角卻瞥見他斜躺椅椅上的身影彷佛龐大了起來。

「下聯是：粗茶淡飯，」他突然坐正，低頭伸手拉了拉他寬鬆的內衣：「布衣裳。」

布衣裳說完，他背一縮，又歪回躺椅，仰臉上望，兩隻手緩緩在椅外腰際張開，這才從喉嚨深處吐出四個字：「老夫享用！」

一個風雲際會的時代過去了，一顆笑傲江湖的心靈已然內斂得樸素無辜。

在那個風雲際會的時代，曾經風起雲湧般以學術、以思想、以創作掀起文化界一陣浪潮的狂狷之士如今都已風流雲散了。那些為中國而哭為中國而笑的熱情，似乎只剩下一些不斷回憶往日的幽懷；當初的躊躇滿志，到如今有幾人能不嬉怒笑罵？有幾人不把中年以後挫折的感傷，當作一種浪漫來滿足自己：

而他在還願意星月馳風地趕往大度山開口講老莊的時代，有多少那時因渴望知識而發亮的眼睛，如今已然搖身成為某科權威的聲音，並不時在報章雜誌上演出一場又一場不禁令人搖頭的戰爭。

凡此種種前浪已老，而後浪不堪驚濤的現象，的的確確都教人知道，那個可以「開學派」的時代是已經過去了。

有人已然惆悵其中，有人依舊在悲情吶喊，而只有他，恆常清風霽月般溫溫柔柔的撥開紅塵烏雲，恆常一副繁華寂寞不關己的心腸。

沒想到的是，牽掛著「他是在動心忍性」幾年之後才發現，需要答案來心安的，原來是自己！

無招高手／侯吉諒

再回到這小屋時，一年多已經過去了，而你，依然清瘦如昔。

回來其實沒什麼事，除了看你；而看你，也不為什麼，其至連懷舊的心情都沒有。以前倒是真的很懷念大學四年的人物和心情，但自從那些學弟們都畢業以後，有一次回來，走在校園那種景物依然，而來來往往無一舊識的孤獨感，才叫我真的領悟，我果然已經不屬於這裡了。是你，抽的還是最烈的新樂園，喝的還是最濃的烏龍，還是那樣一個星期六堂課，連上課的時間都沒改。

而假使不是這樣，我也不可能再回來。在學校的時候真的是瀟灑慣了，等到想起一大票朋友都該聯絡了，才發覺畢業離開的時候竟然沒人想到要留下地址。然後也不知是麻木了，還是人生聚散的常情原本如此，竟漸漸相信了以前可以不必再提。

卻沒想到曾經斷過的一切又在你這裡接住了。誰在那裡誰在幹嘛，全知道得清清楚楚。

《中國時報》

「好像大家都變了？」

總覺得這些年來雖然碰到不少人物，但精明能幹之外，卻都沒有當年的神農啦，阿昭啦，小胖啦，笨鳥啦，他們那些人來得個性凸顯，而怎麼才畢業四年，他們也變得平淡了？

「年輕的本錢是真，但危機是很難成長。」現在再聽你重複這句話，總算明白你當年的憂心忡忡了。而你好像習慣了這些變化，甚至這些變化早就在你的預料之中？——竟然覺得，我們只是在輪番上演你早已知道結果的劇本。

既然早知如此，為什麼當初還有那麼大的耐心，為我們闡敘諸多課堂上輕易論及的生命義理，而讓匆匆過客的我們錯覺自己會是你門下登堂入室的弟子？

那時候每次來找你，或多或少總帶著「朝聖」般的虔誠，而我還算是最存心不要朝聖你的了，連一句恭敬的老師都不曾叫過。但神農他們可就不一樣了，那種端正坐在你那間蛛網牽連、黴爬殘牆的老宿舍內，一句論孟一句老莊細細問道的肅穆，可是把你當作了唯一的真理。

畢業之後他們來找你都談些什麼我不清楚，我可是當了兵就不想、也不知道該問你什麼問題了。愛情嗎？愛情的曲折已經變成千篇一律的故事了，該分手就分手，該結婚就結婚，其中似乎不需太多的分析：前途嗎？前途的出路還在一年十個半月之後才能起步，在一個命令一個動作的束縛下，生命情調之類的問題早就拋之九霄，像深夜站衛兵時遠處營房傳來的雄渾又蒼茫的軍歌了……

能問你一些什麼呢？真的，只是想來看看你，抽抽你的新樂園，喝喝你的烏龍茶，然後聽你隨便談起昔日好友的消息。

當然，工作安定之後，在月復一月上班族的生活中，在能力被肯定也自我肯定後，發現自己然擁有某些決定自我的權利時，卻又不免既期待又怕受傷害的想要知道你對我的建議。

是的，既期待又怕受傷害。重新考慮出路、前途發展只是不甘被社會潮流淹沒的意識自覺，但社會的壓力究竟太龐大，每個工作環境都彷彿是君父的邦城，為了生存，即使只是虛與委蛇也得大力周旋，你那些「心靈強者」的哲學有時真的讓人覺得很無力。

特別苦悶的時候，難免要找些刺激的玩法來放鬆不快樂的心情。而漸漸的，總喜歡讓自己成為零點過後卡拉OK的不歸人，但每次從啤酒杯裡抬起頭來，看著那些浮沉在微弱光線和龐大聲量裡的模糊臉，卻又不禁想到，你的「孤獨而不寂寞」是如何可能？

自學中醫、農教系的神農現在在機車工廠，書畫皆精、水保系的阿昭在屏東山上種香蕉，辯論縱橫、化學系的小胖自己開補習班，校刊社長、農藝系的菜鳥到處推銷錄音帶，他們真的孤獨而不寂寞嗎？他們會不會再和你談論孟？談老莊？

每天在人潮車陣中不為什麼而又不由自主的搶越紅綠燈，在辦公室裡吞吐悶在冷氣中的二手煙和人際關係，常常就想到忙來忙去究竟在忙些什麼？同只是一碗飯，你卻盡在校園裡逛來逛去東張張西望望。也難怪每次說到回去看你，昔日的好友總是有人會問，是不是還在做神仙，還在不長進。

我們的悲哀固然無奈，還是有頹廢的排遣方法，只要卡拉ＯＫ一唱，啤酒一喝，隔天依舊是精明能幹能伸能縮的好漢，而你呢？每個星期六堂課，講講論孟，蓋蓋中國思想史，偏偏就是鐵著心絕口不談老莊。

大家不是不知道，不長進的絕非是你，只不過「無為而無不為」的境界我們始終不懂。

那年，神農用一鍋稀飯把你騙到文學院夜黑風高的頂樓，連你自己都沒想到，一句沒有女朋友的他「懷愛不遇」而你「懷道不遇」是「異病相憐」的比喻，竟然曾一針就戳破了你的心情。

「眼淚雖然沒掉，可是雞皮疙瘩卻都起來了！懷道不遇，懷道不遇，不是懷才不遇，懷才不遇算什麼……」也不曉得這段故事聽你說過多少次了，每次你都一樣為一句「懷道不遇」笑得滿床打滾，而那樣驚心動地的笑聲裡，現在聽來，其中的無奈和蒼涼似乎因自己也體會過了情勢比人強的無力感，而顯得特別強烈……

但我也隱約覺得，在你長久的無為裡，似乎隱藏著一絲以前從未發覺過的「蓄勢待發」，無為、深藏不露，可能都只是一次又一次的動心忍性！

問題是，這種無奈蒼涼這種動心忍性，除了惻惻在心，我們也實在無可如何。人世間的寵辱禍福你固然善於超脫抽身，而置身其中的權變進退你也太清楚了，誰也沒有辦法說服你什麼。

事實上，當年來找你瞎扯淡窮聊天的學生，幾乎沒有一個不是從你找到在社會生存的安命之道，但也沒有一個能夠了解你的襟懷，連說你是「懷道不遇」的神農，恐怕也無法了解那四個字的沉重。

魚龍寂寞秋江冷，在你即之也溫的親切笑謔中，是有太多叫人無法穿越的沉重。

只是，民國五十七年時，你既然可以為了教授升等的理由，而寫出讓全世界漢學家為之震驚，成就直逼魏晉王弼的《老子探義》，那麼，快二十年過去了，為什麼你就不願意在更形而上的意義上，再來一次真正屬於「全生命質量」的燃燒呢？

其實，不論是在課堂上，還是在你的宿舍裡，為人師表的傳道、授業、解惑你是比誰都還要盡職了，但我總是覺得，你的才學與性情，不應僅僅止於課堂與宿舍的親授，以及同學間口傳。

只是我真的不知道，有什麼樣的方式、什麼樣實際可行的辦法，可以讓你「復出江湖」，可以讓你不再深藏不露。

我也不曉得，在這樣學術思想、價值標準多角多元的年代，對你而言，是不是做與不做都會後悔。

逍遙遊／方杞

入天長夜，宇宙軒閣，這千古身命的謎團幾人能知？何處求解？

〇、王无極

他有一雙冷眼，是無星無月風掀浪湧的寒夜裡，遙遠的無名光，一種孤絕而寂寞的呼喚。

若有人知道隙駒世界中無法可處的上上處法，他就是。

若有人將世間滄桑得失了然於心內，猶能無悲也無喜的活下來，他就是。

跟隨他久了，朝夕領受他種種不落言詮的教化之後，你會相信：中國自古即有許多超脫生死苦海的法訣，在心，在情，在神遇……

《聯合報》七十四年三月二十六日

一、心道

貴大患若身：吾之所以有大患者，為吾有身；及吾無身，吾有何患！

王无極教授，日常道的是哈哈，教的是論孟、老莊，終日倏然而來，倏然而往——一如白雲幻化在天，全然無跡可尋。不用心看，你甚至不知道他是什麼人。

第一次見到他，以為是個大混混：他散髮中分，著一襲藍布長衫，不蹴不震悠悠然含煙而來，到得教室門口，把煙蒂頭手一彈，昂昂升座，冷眼一掃，便有無窮虛無妙有的海潮音澎湃捲起，剎那間天風海雨飛襲而來，使天下恨人知恨人，愁人識愁人。

有那得他心傳的高手默認道：无極散人說法，天雨血，鬼號哭。

所以，系裡每年選修老莊的學生，事先都會挨他諄諄示誡：「天道不可說不可傳，甚愛必大費，多藏必厚亡，吾道無端也無倪，爾等必不可修！不可修！不可修！」

形骸平庸之徒於是人人自危，爭相奔走傳告：

「了不得，聽說王无極的課堂堂滿座，總有五、六十人，每人卻只當掉三、四個人吶！」

「咳，那是你有所不知，年年真敢選修這門課的，就只有這寥寥四、五人啊！」另一個斷然道破。

「還有吶，學長們都說他不露圭角，高興就給人太極零分，不高興也只肯給六十幾分，難得能在他手中遊鬥出七十分以上的，无極門下，當真是非死即傷……」又一個咋舌不置。

「尤其他上課向無講本，年年有新義，總是隨機示化，一派天馬行空的氣象，和某些抱著一本講稿賣二十年口齒之徒大相逈異。混不得……」

中文系這起生員大都能屈能伸，慣會見機行事，以致能得无極玄功的高士累年不及一，而有關王教授的種種流言，也因口耳相傳而越衍越盛，竟至眾說紛紜，演化成滿天迷離惝怳的玄風了。就中以他的出身最是秘傳不休，卻罕有人真能識得无極先生的道心。

原來，他是師大三才子之一，在牟宗三先生門下習得諸般道行，造詣深邃……畢業後，捨大學助教而不就，薄中文研究所而不為，孤身下山，環遊全島窮鄉僻壤，棲心玄寂……

後來在台南鄉下一片國中歸隱了，日夕餐風露、飲雲霞，出入無時，其知其鄉……一視此身如無物，便這般逍逍然隨世十年，寂兮寥兮，獨立而不改……

終有一日被中興大學文學院長李滌老識破行藏，挽請出定，他只是搖頭……

李老為中文系莘莘學子求才若渴，豈肯輕易罷手？當下三顧道廬，情辭懇切幾至淚下，此兒猶如木人石心，不為所動……

李老再傳檄天下豪傑盡起圍剿，滿以為這番義師雲集，又有王夫人居間策應，必可凱旋而歸。不想此僚竟高高掛出一方免戰牌：「偕來甚好，到此莫愁！」

呵！壞了：妙演繹，藏頭縮尾；經此一露白，李老更捨不得，下決心深入膏肓，不獲此名士還中原，誓不踐履中文系半步。於是緊鑼密鼓備戰，將囊中精銳盡出，天羅地網布下，五營相剋應，四方設伏，三登帳，二鼓，著！

話說六三高齡的李老特選帳下八名孔武有力、魁梧善戰的運動健將隨侍，御駕親征。上午七時餘自台中搭火車一路鳴鼓南下，十一時半軍次新營站，早有官車二輛升火待發，煙塵滾滾，十一時五十五分抵大王國中，人不卸甲馬不停蹄的立刻由那陣前起義校長領路，真撲敵部，十一時五十九分五十九秒將教室團團包抄，十二時正，噹噹噹！眾兒郎一湧而上，扳肩抱腿撥臀頂腰，轟然一聲將魁首連同鬢角香煙指間粉筆高高抬起，在雷鳴般的掌聲中旋風一樣撤出，在一連串「喂喂，有話好商量哪，放下來！放下來！喂，你們光天化日之下強行劫奪，好大的膽子！還不快快將你家老爺放下了！喂喂，師道尊嚴，不可如此，放下！放下！……」不休歇的呼喚聲中強行車離校；十二時四十二分一路掙扎抵新營站，早有軍警嚴陣以待，王无極一看大勢有利，須臾間便張口厲喝：「強盜呀！強盜劫人哪！……」不想李老迅即排撻而出，溫存安撫：「好孩子，不要鬧了，爸爸給你買糖吃。」各軍警隨之急急掩上，一面驅散圍觀百姓，一面好言示眾：「各位鄉親，這人忽發羊癲瘋，要馬上送醫院……」霎時間人潮消失，一撥人馬前呼後擁喳喳登車，無有不平者拔刀相助。十二時四十四分班車開拔，一路眾英雄押護得十分周全：上廁所？伺候了！喝水？伺候了！散步？伺候了……令王某無隙可乘，下午五時十分風馳電掣遞解台中車站，大本營鵠候已久之大校車一輛及迎賓學生二十人不待李老眼色，早已拔腿蜂擁迎上，鐘鼓齊鳴，絲竹並奏，蓋下了王某微弱的山呼：「天理！天理！有國法沒有！」五時二十三分全軍凱旋李老家。人偃，車歸，囚落監。

隨見那白髮皤皤的李老持枴上，一言不發入監來，探候那張牙舞爪搥桌搗床的逸士：

呀——只見那李老慇慇勉強開口將他勸——

呀——只見那番王呶呶咻咻指天地不——肯——休——

呀——但見那廂李老——和言悅色誠誠懇懇東一揖西一拜哪將罪來告把話來求……

呀——但見那廝——那廝呀——橫眉豎目哼哼唧唧一聲聲拒一頭頭搖哪好教人咬牙切齒把他來恨呵……

（如此這般月上中天了月落西樓了旭日東升了天又亮也呀然一聲門開了）

王无極滿臉歡忭出門來，回身向李老一躬，告聲多謝多謝，便自揚長而去……

李老面色疑重相伴出，回身六十高齡的師母深深一揖，長歎一聲，亦步亦趨追上……

老師母啼笑皆非，回身向兒女一擺手，搖搖頭，隨後款款趕來……

李氏一門兒女齊齊拎起大包小袱，依依鎖了門，忽忽躡後壓陣……

无極道人回首望處，臉上不見了笑容，停步卻敵。

李老笑臉迎迓，好言寬慰，道是：只須君一言，立可化干戈為玉帛。

王某一咬牙，掉頭上汽車、下汽車，台中；上火車、下火車，新營。

李老一門老少沿途隨侍：上汽車、下汽車，台中；上火車、下火車，新營。

到得王府，主隨客便，自顧登榻睡下了。

在那王府，客隨主便，自顧四下安營紮寨駐下了。

起床、盥洗、用餐、如廁、外出、返家、沐浴……李老依然前前後後苦口婆心勸駕，夙夜匪懈不稍歇……

（如此這般月兒上了月兒下了太陽升了太陽落了三日過去呀然一聲門開了）

正合了「北冥有魚，其名為鯤，鯤之大，不知其幾千里也；化而為鳥，其名為鵬，鵬之背，不知其幾千里也，怒而飛，其翼若垂天之雲。」——自此鯤躍、鵬飛，王无極

在大學開壇講學，那氣象當真如同垂天之雲了。

你若是在興大校園裡看到這麼一個不衫不褐鼓腹而遊的人，瞧他一路怡坦矜持的東張西望看熱鬧，又聆聽他亦莊亦諧脣滑舌巧的消遣老莊遊戲孔孟，那，你可得留心了——此人半生行藏匪夷所思，道心逍遠，是那種「窅然空然，終日視之而不見，聽之而不聞，搏之而不得」的無心遊世之人。寵辱，他善抽身；禍福，他能超然。彷彿此身非他所有，他不過生到這世間來祖述聖賢微妙玄通的理諦，演申千古如實究竟的法相而已。

生涯如漫漫長夜，何妨有些些清明出世之心呢？

二、情遙

絕學無憂：為學日益，為道日損，損之又損，以至於無為，無為而無不為。

有門生問王无極教授：「您能擺脫形骸和情慾的桎梏，不貪執，不妄想，像樂音發於管籥的虛空處，像神采來自寒夜的寂眠中。請問：您是怎麼做到的？」

无極先生一笑：「形骸裡修個虛無心，形骸外養出恬惔性。」

「如何修養？」孜孜不倦的問法。

「你如何著衣？如何吃飯？」一棒打回了。

「這——」問的人不死心：「有什麼書可速成？」

「看書就可以學會游泳、吐納？啊？」

門生執著：「還是請您多講些道理來聽！」

王无極一笑：「一字字無，一字字空！」

「理想人生——」真不甘心：「像什麼？」

白眼：「像龜鱉。」

「何以如此低下？」

白眼：「像蛆蛆。」

學生正顏抗辯了：「我是問現代的現實人生——」

肅答：「像狗屁！」

門生蹙眉沉思，不知這葫蘆中是什麼藥？

王无極揚眉大笑：「中國哲理本來極高明玄妙，魏晉清談還嗅得些氣味，可惜後儒需注重考據，不能發明義理，終於使肢體破碎，大道湮滅了。如今大家都只挖掘些表面的文言名相，對真正的理趣全然識不透，上焉者賣弄道德的說教，下焉者成為傳聲的圖解，續不起文化命脈，勘不破生死關頭——」說著黯然了：「人生當於有字之中，體會無字之妙，用心思惟……」

大概我們看得吃重的，他泰半不屑一顧；我們輕忽賤視的，他往往衍生滿天花雨——他把人情世故、貪嗔癡愛等種種世情都放得迢遙迢遙的，不輕易沾滯，好像每次有人勸他開壇收徒，他總是嘻嘻哈哈吊兒郎當的來上一句：「絕學無憂，絕學無憂！」一煞是氣人。

說他懶？他鎮日心定神閒，與一般勞形焦思的人不同；他他吝於心傳？他又有「可與言則言」的閎學大度，箇中虛虛玄玄，非登堂入室者不能臆度。

話說系裡有李希哲者，乃《興大青年》社長兼主編，自視頗高，不意半學期「莊子」念下來，破天荒吃了個鴨蛋，令本系師生齊齊聳然動容，詫歎四起，據說是答非所問，到期末考前，不但系主任紓尊降貴親往指點避難良方，便連諸師益友亦諄諄叮囑務須投其所好，或能倖免這一劫了。結果李希哲不動如山，期末考依然干犯天威抗顏直陳，知情的人都替他捏一把冷汗，眼睜睜觀大變將至，一時刁斗森嚴……

黃昏時分，兩造在校園瘁遇，王教授果然下詔宣判：「希哲同學，你的答卷第一題闡釋得很周密，好，給全分；第二題就不對了，不能給分。你意下如何？」

半空裡一聲霹靂，李生極力自持：「老師此言無理，學生何得申說？」

風聲獵獵，山雨欲來，但見王无極不怒反笑：「你可能隨我返舍間一談，依卷對證？」

戰旗高高挑起了，殺氣騰騰，李希哲含憤上陣：「如此有潛了，請師父賜教幾手絕活！」

兩軍移師宿舍，但見王府蕭牆敗瓦，四壁名士環堵：張大千的中堂蛛網密布，八大山人的墨寶有霉痕班駁……桌上孔孟共煙灰一色，地底郭象與蚊蚋齊飛；王師安之若素，李兒色愛心恐，翻出答卷，揖讓而升，便即鏖戰不休。

一方是撒豆成兵扼喉撫背東指西殺箭無空發，以踞高臨下之勢，進如風雨如激矢；一方是負嵎頑抗豕突狼奔左披右拂屢敗屢戰，於四面楚歌聲中，退作恫疑作虛喝——這一役橫斬知識、絕去翰墨，有分教：王无極談玄說妙，李希哲口服心折。

无極道人奇兵突出，更從床底抱出一口破舊木箱，仔細開蓋捧出一大疊義理高絕的工筆文稿，一張張翻教李生拜讀，看到得意處，更加漫聲吟哦，仰天笑傲：「我這些手書呀！成稿十載不出版，死後留給張天師！」

李希哲訝其詳覈之餘，忽然想起一段寓意恰合眼前風光：「朝菌不知晦朔，蟪蛄不知春秋，此小年也。楚之南有冥靈者，以五百歲為春，五百歲為秋；上古有大椿者，以八千歲為春，八千歲為秋，此大年也。」一心念電轉之餘，這才信了：人生猶有頗多不可言喻、不可究詰處，「絕學無憂」之意在此，「無為而無不為」之意在此，當真是人到無妄無癡處品自高了。

一夜過去，李生悠悠辭別无極門，自此不再捲入江湖是非，與俗子狺狺爭門戶了。依據成績冊的記載，那年他期中考零分，期末考五十分，總平均六十分……。十年後有人南方小鎮上遇見希哲其人，猶聞他津津樂道當年无極門下一段緣：「宇宙寂寞渺翰，吾輩當於無垠時空中安身立命，發玄理之幽光，傳先哲之無盡燈，舍小年求大年……」

三、神遊

舉世譽之而不加勸，舉世非之而不加沮，定乎內外之分，辯乎榮辱之境。

无極老師是無畔岸無威儀的，既不端架子，也不故示親暱，終日尸居而龍見，極少為禮儀而桎梏形性，像系裡種種迎新送舊、郊遊同樂的活動，他就向不到場，根器如此，可說是另一種「不加勸」的天刑了。你如果深深憾密密意的上問，會聽到這匹夫森森的狂笑：「吾但求順心適意耳！」

他做成功大學中文系主任相當短命，甫及一年即掛冠求去，有人問他這算什麼？他冷眼望天，沉沉呻吟：「能者多勞，亦是殺生之機！」一字字說得你絲毫沒有肉麻的感覺，他的「不加沮」亦有是理。

若找下下棋，他會骨溜骨溜的看你半天：「棋以不下為高，善弈善殺伐」，然後與你面對面端然癡坐不動，外以天地為棋盤，內以心念為棋子，定神弈將起來，那光景在療養院、感化院裡常常見！

中文系多酒中仙，他好像不能算是：只為善獨飲、愛深藏，從不開飲傳觥，無有人知他杯底腹笥酒中乾坤究竟如何了了。有一回他醉後揮毫，才墨汁淋漓的寫出了无極心：「榮也飲得，辱也歎得，天下無境飲不得！」

任何事，他總有一套讓你仰之彌高的作法，總有一些令人聽來油不滑溜的說詞。他若坐著，你不知他為什麼要坐，他若立起，你不知他幹嘛站著；他若往人叢中一閃，絕，你就什麼都看不見了！等他出到你面前時，神了！你若有慧眼，會駭然識見：千古身家性命只在當下即是！

性命短淺，而今人多不自覺，但終日碌碌營營似螻蟻，昏昏庸庸似豬豚般過了——功名利祿、愛憎怨會，一切旋生旋滅，究竟有什麼意義?!

人生如寄，現代人偏不自知，只一味勾心鬥角如狼虎，飯坑酒囊如糞蛆的過了——成敗得失、吃喝行業，一旦大限到來，還不是荒塚白骨一場空啊一場空一場?!

悼念王淮教授／蔡仁厚

吾友王淮教授，字百谷，祖籍安徽合肥。在台灣師大國文系就讀時，從學於牟宗三先生，先生常稱其穎悟過人。畢業後任教高中，數年後，應中興大學之聘，任教於中文系。先後擔任論、孟、老莊與中國思想史等課程。學生即憚其嚴格，又訝其透闢。歷年從學者，類多英才之屬。他的夫人即成功大學之唐亦男教授。夫婦相知相惜，相讓相扶，親愛之情不常在形跡，而蘊蓄於心衷。

我與百谷，誼屬同門知交。中年以前，常相聚首，論東論西；中年以後，形跡漸疏，難得面敘。人各有所忙，固是現實上的原故，而彼此思省致力，各趨其宜，尤為主因。

茲者，百谷遽歸道山，雖其音容宛在心目，而學問之賞析攻錯，則已不復可再矣。

憶昔晚秋某日，手攜熊先生年表（明文書局版）與牟先生學思年譜手稿，夜訪百谷於興大宿舍。是時，月掛高空，風吹樹梢，而蟲鳴唧唧，頗有大地寂寥之意味。百谷見年表、年譜，眼目為之一亮，稍事翻閱，便將責任強壓過來，說：你做的事情，甚好。你把唐君毅、牟宗三、徐復觀三位先生與熊十力、梁漱溟、馬一浮三老的學思年譜寫出來，即足可不朽。世上還未見有人完成六部重要年譜者，你可以為之。我說：你老兄說得太順口了，天下那有如此方便之事。唐、徐二先生的門人弟子，所在多有，我如何能出頭為二家做年譜？梁、馬二位老前輩，一個熱心世事，一個高隱西湖，我與二老，從無一面之雅，對其人其學及其思想，也知之不多，更無從撰寫二家之年譜。然則，我何以又寫成熊先生的學行年表出版？那卻是一段時節因緣所促成。

一九八五年七月，我應聘赴新加坡東亞哲學研究所作半年訪問研究，見到不少大陸的出品，也看到了研究熊先生的學術論文及所附之年譜。發覺有些問題須加以澄清，有些紀事須加辨正與增補。由於隨時關注和逐日採錄，在不知不覺中寫成一份粗糙的編年。訪問期滿返台，又加以潤色，完成《熊十力先生學行年表》初稿，並送請牟先生審閱。看後，他說寫得不錯。這才加上幾篇文字為附錄，交付明文書局出版（唯此書未及完備，故不敢稱年譜，只稱年表）。

後來牟先生七十壽辰，我們決定編寫一本《牟宗三先生的哲學與著作》，作為七十壽慶集。開端一文，分五階段敘述牟先生的「學思歷程與著作」。事實上，也就是年譜的濫觴。由於此文引發了我編撰年譜的心願，每寫成一段落，便面陳牟師過目，從此，年年增訂，到牟師謝世百日之時，完成初稿，交付出版。這是歷經十八年的勤勞寫錄，才有這份成績。而百谷兄卻在接談之際，便直下要我編寫六部當代新儒家的年譜。這不但看出朋友熾烈的肝膽性情，而也顯露百谷兄的學術熱情。他想到有意義的事情，自己懶得動手，便慫恿朋友來做，這正是他冷淡中迸發的熱中腸。但我無法為當代六大儒一一寫年譜，只好有負老友了。

另外，「愛人以德」，也是百谷隨處顯示的性情之美。有一次（大約我三十歲之時）遊獅頭山，做了一首七言律詩：

尋得獅岩奉三藏　宗門寺宇現祥光
無邊佛法無窮願　亦隨風波亦逐浪
普度有情生淨土　同參禪理見真常
悲厭二心競起伏　為詣名山一獻香

百谷見到此詩說：「詩頗不差，但若如末句所云，便成為無交代矣。老兄久久歸宗尼山，何以此時反向佛寺尋求交託？」噫！賢友之言，可謂嚴矣。畏友之言，可謂苛矣。然其嚴其苛，卻正是其仁恕之自然流露。唯我當時只是隨緣成句，並未關涉文化意識與生命立場。今日回想五十年前的逸事，恰為老友內心之真摯做了見證。人生之緣巧有如是者。

還有一事，卻是我內心世界的一個隱密，從未透露於外。回想我在東坡山莊（牟師台北住處）第一次見到百谷時（我二十六歲，百谷少我三歲），他穿的是大學生的卡其制服，袖口有些油污，鬍子也未刮淨。牟師在書桌寫回信，我二人便接談起來，很快便由寒暄切入學問天地，我發覺他真是聰慧穎悟，我還是第一次碰到如此之雋才。當時心中有個斟酌，判認此人是師門之王龍溪，我大概要做錢緒山了（註），這是當時的心聲。有無意義，端在各人領受，無庸贅述。

百谷一世孤傲冷雋，也不無委屈落寞之感，他常覺得自己不像王弼、僧肇之各有著落。那是他早年的一份心事，中年以後，我們少所接談，不知他的心事又如何？依我看來，有無著落在於己，從孔子「為仁由己」下來，都是要先回歸主體，先立己、成己，再立人、成物。陸象山之大弟子楊慈湖，作《己易》，有云：「易者己也，非有他也。以易為書，不以易為己，不可也。……善學易者，求諸己，不求諸書。古聖作易，凡以開吾心之明而已。……能識惻隱之真心於孺子將入於井之時，則何思何慮之妙，人人之所自有也。純誠洞白之質，人人之所自有也。廣大無疆之體，人人之所自有也，此心常見於日用飲食之間，造次顛沛之間，而人不自省也。」

百谷今已大去，幽明之際，有隔而也可以無隔，唯誠能感而通之。百谷曷興乎來！蓋萬物皆為吾侶，蒼松翠柏，古梅修竹，皆可欣可托，無庸以無侶而感歎。安之於道，乃屬自然之理。順時順命，各如所願。人斯安矣。辭曰：

既乘造化　游於天都
百谷逍遙　庶其安之
安於天上　與天合德
安於人寰　與人為徒
天安人安　萬物同安
不安不忍　無不安矣

——己丑仲秋於台中市惠宇椰風北軒

註：二〇〇九年十二月，東海大學哲學系舉辦「蔡仁厚與儒學」研討會，高柏園教授宣讀論文「蔡仁厚先生對當代新儒家之定位」時，提到我在「悼念王淮教授」文中，憶述五十年前之往事。他不同意我當時的比論，而認為我在牟師門下，相當於孔門之曾子，以其誠樸弘毅之精神，肩負傳道之責任。高君之意，楊祖漢教授甚以為然（其實，我七十壽時，曾昭旭教授亦已說及此意）。友朋的比論，雖然有其合宜性，但是否克當，「吾斯之未能信」也。

王淮作品集❹

詹詹集——王淮論文及其他

作　　者　王　淮
總 編 輯　初安民
責任編輯　鄭嫦娥
美術編輯　陳淑美
校　　對　唐亦男 鄭嫦娥

發 行 人　張書銘
出　　版　INK 印刻文學生活雜誌出版有限公司
新北市中和區中正路800號13樓之3
電話：02-22281626
傳眞：02-22281598
e-mail:ink.book@msa.hinet.net
網　　址　舒讀網 http://www.sudu.cc

法律顧問　漢廷法律事務所
劉大正律師
總 代 理　成陽出版股份有限公司
電話：03-3589000（代表號）
傳眞：03-3556521
郵政劃撥　19000691 成陽出版股份有限公司
印　　刷　海王印刷事業股份有限公司

出版日期　2012年1月 初版
ISBN　978-986-6135-59-0

定價 260 元

國家圖書館出版品預行編目(CIP)資料

詹詹集：王淮論文及其他／王淮著.
--初版. --新北市：INK印刻文學，2011. 10
240面；15×21公分. --（王淮作品集；4）
ISBN 978-986-6135-59-0（平裝）

848.6　100018899